PANAME UNDERGROUND

Repéré grâce à son blog Le Mec de l'Underground, Johann Zarca a publié aux éditions Don Quichotte ses deux premiers romans, *Le Boss de Boulogne* et *Phi Prob*. En 2017 est paru *P'tit Monstre* aux éditions La Tengo, puis *Paname Underground*, aux Éditions Goutte d'Or, autofiction à la verve argotique avec laquelle il obtient le prix de Flore, ex-aequo avec Pierre Ducrozet.

ZARCA

Paname Underground

ÉDITIONS GOUTTE D'OR

ISBN : 978-2-253-23755-6 – 1re publication LGF

À la mémoire de Dina, ma frangine…

1

SAINT-DENIS STREET

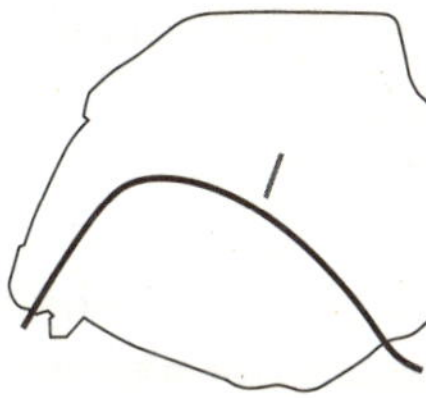

Il est presque cinq du mat' et le périmètre est désert, hormis les quelques morfals agglutinés au loin devant le grec de Reda. C'est fou ce que le tableau a changé en dix piges. À l'ancienne, les sex-shops fleurissaient encore dans la rue mais l'avènement des sites de cul en streaming a fini par flinguer une partie du business. Heureusement pour Saint-Denis Street, des boutiques spécialisées ont survécu à ce déclin et les tapins – traditionnelles sexagénaires, renoies et Chinoises plus fraîchement installées dans la capitale – tiennent toujours le pavé, de Stras-Saind[1] à Châtelet.

J'éclate une Malbac. Le Uber de Dina s'arrête devant moi, ma frelonne s'éclipse de la gova et,

1. Strasbourg-Saint-Denis (N.B. : toutes les notes du livre ont été ajoutées par l'éditeur).

surexcitée, vient me galocher sans retenue. Je la chope par la taille, l'admire comme un loveur : du violet flashy sur la bouche, du rimmel plein la gueule mais ce genre d'artifices me plaît. Une longue crinière noire rasée d'un côté, une dizaine de piercings aux oreilles, un au zen, un à la lèvre inférieure, sur la langue et sur le clito, ma belle se paye une jolie ganache bien dessinée, quoiqu'un peu consumée – quelques carreaux sous les yeux et des chicots jaunâtres.

Mince, Dina traîne une silhouette de sportive, un cul bombé et des longues jambes musclées. Une chance de la nature vu que ma reusse n'en branle pas une. Juste un petit blème : un bide gonflé, squatté par une future pisseuse qui naîtra dans quatre mois. Dina l'a conçue avec son mec, Kays, un gars de Château-Rouge.

— On y va ? s'impatiente la sista.

— Attends, j'finis ma garot !

— Vas-y, du coup j'en allume une…

Dina dégaine une clope de pétasse – longue, fine et mentholée –, la porte à son bec. Sur le trottoir d'en face, Patrick, le proprio du sex-shop *111*, jette la sienne dans le caniveau, m'adresse un sourire de faux-derche avant de tourner les talons et de disparaître dans sa boutique de chbèb. Je n'ai jamais pu encadrer cet enfoiré de soixante berges aux tifs longs jusqu'aux épaules et à l'air pédant. L'été où je taffais au sex-shop *23* – à l'époque, j'écrivais *Le Boss de Boulogne*[1] –, ce gratteur me taxait tout le temps, une

1. Premier roman de Zarca paru en 2014 aux éditions Don Quichotte.

garot par-ci, deux euros par-là, un pilon, un trait… Un crevard, quoi !

— Tu m'attends là ! je préviens Dina. Juste deux secondes…

— Quoi ? Tu vas m'laisser en plan comme ça, dans la rue Saint-Denis ?

— Nan mais deux secondes !

J'abandonne ma petite sur le trottoir, traverse la rue et m'engouffre dans le *111*, ce sex-shop orienté gay, bi et trans, SM, extrême et bizarre. Une taule pouilleuse équipée de cabines privées.

— Salut Zarca ! m'accueille Patrick, planté derrière la caisse de son bouclard.

Au-dessus de lui, une télé diffuse une baise hard entre un jeune type blondinet et une baraque moustachue fringuée d'une combi en latex.

— Salut Patrick !

— J'la connais, ta gonzesse. Elle fait l'entraîneuse à Pigalle, pas vrai ?

J'ignore sa remarque.

— Patrick, file-moi du poppers, s'te plaît.

— Lequel ?

— Le Jungle Juice.

— Tout d'suite, et c'est cadeau.

Il récupère un flacon de pops dans une vitrine et me le dépose sur le présentoir.

— Pourquoi t'ouvres aussi tôt ? je le sonde. Il est cinq plombes du mat' !

— Il y a une clientèle du matin, entre ceux qui viennent s'acheter un article avant d'baiser et ceux qui veulent mater un porno après leur soirée. Qu'est-c'que tu crois ? Sans mes horaires d'ouverture, j'aurais déjà fermé mon bazar. Tu sais, tenir un sex-shop de nos jours, c'est pas évident et faut s'lever d'bonne heure.

Je le remercie, attrape le flacon de Jungle Juice et m'arrache de sa boutique. Dina, abritée sous le porche du *Club 88*, écrase son mégot.

— C'est bon Zarca, on y va ?

— Yes !

Bras dessus, bras dessous, nous entrons au *Club 88*.

Le *Club 88* est le plus grand sex-shop de la rue Saint-Denis et sans doute l'un des plus réputés de Paname avec le *Sexodrome* de Pigalle. Au rez-de-chaussée, le club propose des DVD porno aux clients, des sextoys et de la lingerie érotique ainsi qu'un coin peep-show aux hôtesses toutes plus bandantes les unes que les autres.

Les cabines de visionnage occupent le deuxième étage. Avant l'ère du streaming, je venais mater des scènes de boule dans ces placards, un splif à la main gauche, mon chibre dans la droite, le ben rabaissé jusqu'aux chevilles et un Kleenex sur le bide. Parfois, je me retenais même de cracher la purée pour terminer le taf dans une talonneuse de Saint-Denis Street. En vrai, la bonne époque.

Au dernier étage, le fameux *Love Hotel* pour les bouillaves extraconjugales et les couples venus pimenter leur sexualité. Dina, va piger pourquoi, a opté pour la chambre Las Vegas. Je préférais l'Orientale, moins bling-bling, La Cabine du capitaine avec sa barre de pole dance ou éventuellement la Polar avec ses néons « HÔTEL », ses peintures murales de détectives à l'ancienne et ses affiches évoquant les pulps des années 20 mais par galanterie, j'ai laissé choisir la frangine.

Devant le pieu, l'écran branché sur la chaîne 742 balance une scène anale. On toque à la porte. Je m'empresse de l'ouvrir, pieds nus et torse poil, débande illico en découvrant Mouss – renoi minuscule à la gueule recouverte de chtars.

— T'as commandé une bouteille de champagne ?

— Ouais Mouss ! Cimèr mon pote !

Je récupère son chariot, referme la lourde derrière moi. Dina, les yeux rivés sur la télé, se cambre en doggy sur le plumard. Le derche bien relevé, elle a gardé ses talons de hardeuse aux pieds. Elle sait m'exciter, même si j'essaye d'occulter son bide gonflé. De manière générale, les meufs en cloque ne me branchent pas du tout.

— Dina, j'm'en bats les steaks, t'as voulu du champagne, c'est toi qui raqueras la boutanche. T'es ouf, 80 dolls, j'les ai pas !

— Ta gueule Zarca ! elle me rembarre aussi sec. Espèce de rapiat, t'as aucune classe !

Je pousse le chariot jusqu'au bord du pieu, débouche la teille. Je m'apprête à remplir les deux flûtes, Dina m'arrache le champ' des mains et se le tise au goulot.

— Et après c'est moi qui manque de classe ! je la tacle. Clocharde !

En guise de réponse, elle me fixe droit dans les yeux, passe sa langue sur la bouteille et la pompe façon pornostar avant d'éclater de rire.

— T'es vraiment une gamine Dina !

Je me cale sur le plumard, sors un sachet de coke de ma poche et un billet de vingt. Je saupoudre le cul de ma frelonne, enroule le bifton et direct, m'enfile deux poutres dans les narines. Sans doute excitée par mon côté bâtard, Dina se courbe davantage. Je lui bouffe le fion sans pitié, plonge ma langue dans son trou et lui claque le boule. Ses gémissements à peine exagérés me rendent barge. Elle se tourne sur le côté pour me tendre la teille de champagne, je m'en empare et m'envoie cinq gorgées dans la tuyauterie.

— Balance la cé ! me fait Dina, la main tendue sous sa chnèk.

Je pose le sachet dans le creux de sa palme, lui caresse doucement la teuche et vide un peu de champ' sur son tarpé, histoire de me la jouer un peu plus croma. Je glisse ma langue sur ses seufs, me débarrasse de mon fute et de mon calcif. Le gourdin dur comme du béton armé, je chope le flacon de poppers sur la table de chevet, le dégoupille et inspire quelques vapeurs.

Le Jungle Juice me tortille instantanément les neurones, mes organes se réchauffent, un trop-plein de salaceries s'impose dans ma tête, un orgasme se déclenche en moi. Je me défroque en vitesse, m'accroupis sur le plumard et cash, monte sur ma frelonne.

Dina, je la connais depuis plus de huit piges. Je l'avais rencontrée et serrée la même nuit, dans une boîte d'Oberkampf. À cette époque, la frangine ne taffait pas encore à Pigalle, elle était serveuse dans un rade tenu par des Polaks, à Convention. Sexuellement compatibles – comme disent les scientifiques – on avait entamé une relation fondée sur la baise. Elle en attendait plus de moi mais trop perso pour m'embourber dans une love story à la con, j'ai toujours esquivé cette opportunité. Avec le temps, Dina et moi sommes devenus potes, amis, puis plus que ça. Dina est comme une sœur, en mieux vu que je l'ai choisie.

Il y a trois piges, la sista a rencontré un réfugié afghan prénommé Azad – aujourd'hui mon pote et colocataire. Azad et moi partageons un appartement à la Chapelle, une sous-loc' de 30 m² pour 600 dolls par mois, charges incluses. Dina est restée presque deux berges avec ce narvalo avant de le larguer comme une daube pour Kays, le daron de sa future gosse, un ancien bicraveur de crack et de rabla installé dans le 18e.

La tête posée sur mon poitrail, la reusse tire une taf sur le pilon. Une boulette me tombe sur le torse, je bondis dans le plumard et, du revers de la main, balaye la comète encore fumante. Une odeur de cochon grillé emplit mes naseaux, signe qu'un poil vient de se faire incinérer.

— Désolée Zarca ! s'excuse Dina.

— T'inquiète !

Je la serre contre moi et lui taxe le bédo, me garnis les éponges et recrache un nuage de fumée épais suivi d'un rond un peu foireux. Perso, je chillerais bien une éternité dans ce pieu, en compagnie de ma petite.

— On fait quoi Dina ? On reste encore un peu ?

— Ouais, mais vite fait ! Si j'rentre à midi, mon mec va s'douter que j'faisais pas des heures sup'. Déjà qu'il est hyperméfiant…

Je termine le cône, pose le cafard sur la table de chevet et attrape un nichon de ma frangine. Dina, elle est archisensible des bzèzes.

— J'suis bien avec toi Zarca ! elle me lance en me caressant une joue. J'te kiffe trop !

— Mytho ! je la teste. T'en as rien à foutre de ma gueule !

Elle relève la tête, m'adresse le fameux smile qu'elle dégaine toujours avant de lâcher une bâtardise :

— Si j'te kiffais pas, comment t'expliques que j'baise avec toi alors que t'as une petite bite et qu'tu sais pas t'en servir.

— Ouais, pas faux !

Je me redresse, m'assois sur le rebord du pieu et trace deux énormes lignes de coke sur la table de chevet. Cette nuit, je me suis buté la tête. J'ai mixé de la chnouf avec de la MD et de la M-cat[1], fumé de la grosse skunk, bu du sky et du champagne, tapé un rail de j'ignore quelle substance, gobé un cacheton de Kamagra pour réussir à bander et humé du Jungle Juice. Mon pote Erik m'a pourtant défendu mille fois de coupler le poppers avec les médocs pour la trique.

1. M-cat, 3-MMC et 4-mec sont autant de noms donnés à la méphédrone, drogue de synthèse apparue dans les années 2010 et dont l'effet est proche de celui de la MDMA et des amphétamines.

Dina rampe jusqu'à la table, chope sa paille et s'enfile un trait. Je me repoudre le nez à mon tour, renifle comme un psycho tellement mes narines sont bouchées. Ma reusse passe ses griffes sur mon dos, me gratte la nuque.

— Tu taffes sur quoi en c'moment, Zarca ? T'es sur un nouveau livre ?

— J'vais en commencer un, peut-être écrire la suite de *Braquo dans l'Underground*[1] pour amorcer une série style San Antonio contemporain, tu vois…

— Nan j'vois pas, j'y connais rien moi !

— … Ou sinon, j'ai une autre idée d'bouquin ! J'ai pensé à un truc, ça s'appellerait *Bad Trip*. En gros c'est un mec, il s'barre avec ses potes à Dam. Il dose tous les coffees d'la ville, s'envoie des champis et à la moitié du roman, le gars teste un truc chelou et part en bad jusqu'à la fin du bouquin. Et moi, j'raconterais son bad trip, tu vois…

— J'avoue, c'est une bonne idée.

— Ouais, par contre, ça va être chaud à taffer ! Tenir cent cinquante pages sur un bad, raconter les angoisses du gars et tout, paye ta mission.

— J'imagine.

— Sinon, j'ai pensé à une histoire d'enfant tueur, mais j'sais pas…

— Ouais, bof ! Et pourquoi t'écrirais pas un guide de l'Underground, un genre de livre où tu parlerais du bois de Boulogne, Pigalle, la rue Saint-Denis et tout… ?

---

1. Roman de Zarca paru en 2014, inspiré de son blog *Le Mec de l'Underground* et distribué sous le manteau.

— Ouais, j'sais pas…

Je me remets une ligne dans le pif, me lève et manque de me casser la gueule. À cause du Jungle Juice, je tiens à peine debout. Le poppers est la pire des cames. Je file sous la douche, fais couler l'eau chaude et me laisse hypnotiser par les peintures décoratives de la piaule : dollars, biftons, machines à sous, roulette, casinos et j'en zappe. J'avoue, à la réflexion, pas conne ma frelonne, avec son histoire de guide underground. J'imagine bien le titre du bouquin : *Paname Vice City*. Avec une bonne promo, je pourrais écouler vingt mille exemplaires. Admettons, je touche deux euros par bouquin, je palpe quarante mille boules. Avec quarante mille boules, je tiens deux piges sur Paname, dix à Pattaya.

Je tire la paroi de la douche :

— Hey Dina, stylée ton idée de guide, j'suis en train d'y penser là !

Elle m'envoie un kiss, allume une garot.

Paname Vice City, le guide de l'Underground parisien. Je pourrais consacrer un chapitre au bois de Boubou, un autre aux bars à putes de Pigalle, un à Bezbar, je pourrais sillonner la place de la Nation avec mon pote Bibo et son équipe de charclos, Azad avec les réfugiés afghans le long du canal Saint-Martin, Seb et les skins du 15e, plonger avec mon pote Komar dans les catas, me rencarder sur la Chinese Connexion de Belleville…

Putain, j'ai vraiment de quoi pondre une pure dinguerie, et me faire des burnes en platine !

2

GHETTO BELLEVILLE

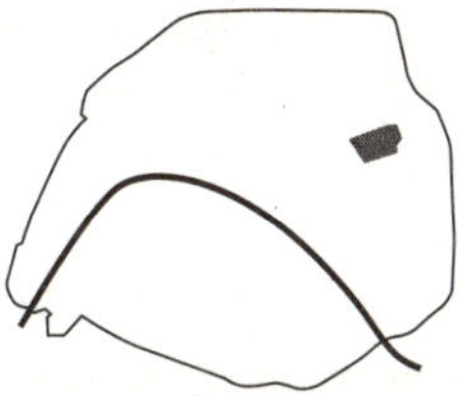

Il est 17 h 30. Je récupère mon splif oublié depuis une demi-heure dans le cendar, l'éclate sans attendre. Dans la piaule d'à côté, Azad ronfle comme un ours. Il a fumé du taryak – de l'opium – toute la nuit avec ses potes Claas et Fayaz, des Afghans du quai de Valmy. Postiché sur le canapé devant l'ordi, je réfléchis à la manière dont je pourrais amorcer mon guide de l'Underground parisien. L'idée de pondre une intro ou un avant-propos pour présenter l'ouvrage me paraît un peu formatée, le mieux serait d'envoyer du lourd dès les premiers paragraphes, traîner d'entrée de jeu le lecteur dans les bas-fonds de Paname, en racontant par exemple une anecdote goudronnée, une histoire bien hardcore et personnelle.

Dina et moi connaissions une certaine Camille, une dealeuse de chnouf qui livrait en bécane sur Paris. Cette meuf, ancienne stripteaseuse au *Pink*

Paradise, approvisionnait tous les tapins de la capitale, entraîneuses et hôtesses de Pigalle, travelos du bois de Boubou, hardeuses. J'avais songé écrire un bouquin sur cette racli, je lui avais d'ailleurs proposé de jouer le négro pour pondre son autobiographie. Mais en novembre 2014, on a retrouvé son macchabée dans une benne à ordures, porte de Bercy. Ils en ont parlé dans *Le Parisien.* Commencer mon guide avec une histoire dans ce style, un fait div' bien sordide, pourrait avoir de la gueule.

Je reçois un SMS de mon pote Slim « c bon chui rentrè tu vien kan tu ve ». Je termine le pilon, éteins mon ordi et me faufile dans la piaule d'Azad pour lui taxer un T-shirt – les miens sont tous crades, je dois passer à la laverie. Le poto pachave profondément dans son pieu, la bouche ouverte et un caleçon sur les yeux pour le protéger de la lumière du soleil – à l'appart, nous n'avons ni rideaux aux fenêtres, ni volets.

Je tape un T-shirt noir et en profite pour embarquer un sweat à capuche, je m'éclipse de la chambre et enfile mes tatanes. Direction Belleville, chez mon pote Slim, un secteur gorgé de ghettos comme Rebeval, la rue Piat, le 140 et la cité Ramponeau. De quoi alimenter mon guide. Un énorme trafic de stups s'y déroule et c'est à Belleville que l'on trouve le meilleur shit et la meilleure coke de Paname – parole d'expert. Aussi, depuis la fin des années 70, le quartier est devenu le deuxième Chinatown de Paname après celui du 13e arrondissement. Je me souviens, en 2007, de ce journaleux qui avait infiltré le milieu asiate de Paris. Dans son documentaire, un parrain sino-cambodgien exhibait des grenades devant la caméra, des fusils à pompe, des Magnum et des Beretta.

J'enfile mon blouson, me taille à Belleville.

Je longe le boulevard de la Villette, jette des regards furtifs sur les marcheuses. Ces Chinoises d'environ quarante piges tapinent pour 50 euros la passe, négociables pour les michetons réguliers – pour la plupart, des rabzas à la retraite. Une fois, après une grosse soirée, j'ai tenté d'en bouillave une dans un appartement raviolis. C'était glauque, ça chlinguait, je voyais la gagneuse en double et je n'arrivais pas à bander. Je me souviens, j'avais lâché une galette dans le lavabo de la piaule.

Je m'arrête de marcher pour éclater une garot, repère Virginie Despentes en train de promener un bulldog noir sur le terre-plein central du boulevard. J'ignorais que l'écrivaine traînait dans le périmètre, je la croyais en Espagne. Bat la race, je reprends ma route sur le boulevard de Belleville, rase les terrasses du *Tunis-Tunis* et du *Kifolie*, deux restos tunisiens, l'un rebeu, l'autre feuj. Je tourne à gauche dans la rue Ramponeau. Mon pote Slim vient de la rue Piat mais crèche depuis cinq berges ici, à la cité RPN. Il connaît de près ou de loin tous les lascars du 20e, sait qui bicrave dans le tièque, qui chourave, qui braque les commerçants chinois et qui arrache les distributeurs de biftons à la pelleteuse.

Je déboule aux portes du terre-terre, Redouane et sa meute occupent le béton comme des galériens. L'odeur de leur zetla me caresse le nez, un shit noir bien épicé du genre afghan ou népalais. Je t'avoue ne pas jouer le vaillant, surtout dans cette zone. Ici, on me connaît un peu et les petits ne m'apprécient pas des masses. Les gosses de RPN sont en embrouille avec le mec de Dina et surtout son frère cadet, Walis. Et dans l'esprit mathématicien de ces youvs, les amis de mes ennemis sont mes ennemis.

Je m'engouffre dans le ghetto, Redouane m'adresse un signe de la tête sans conviction, entre le « salut » et le « va te faire enculer ! ». Je m'introduis dans la cage de l'escalier A et traverse le hall, gardé par une grosse équipe de choufs. Je les ignore, un renoi à peine sorti de la puberté lâche un molard à mes pieds :

— Hey, c'est toi l'mec qui traîne avec les gars d'Barbès ?

Comment il me parle, ce puceau ?

— Quoi ? j'intercepte son regard. Y a un souci ?

Ce petit bâtard ne se démonte pas, les bras croisés et le dos collé contre le mur du hall, en mode serein :

— Qu'est-c'qui t'arrive toi ? Hein, tu vas faire quoi ? T'es chez moi ici, rien à foutre qu'tu connaisses Slim ! Tu sais quoi ? Nique ta race parc'qu'on va t'fumer !

Merde ! Il marque un point. Si j'ouvre mon claque-daube, pas sûr de repartir en un seul morceau. C'est vrai, je ne suis pas chez moi.

Je monte voir le poto.

Je connais Slim depuis le bercail. Taxi clandé plutôt grand, gros et bouffi, ganache de rebeu, barbe de salaf' et regard de Scarface, lui et moi avons grandi dans la même ville du neuf-quatre et sommes passés par les mêmes bahuts. Un frelot de la première heure. À ses quinze piges, sa famille est partie s'installer sur Paname, dans le 20e, arrondissement que mon soce n'a pas quitté depuis.

Slim est un bon pote mais un mauvais zig. Ses spécialités : violence conjugale, escroquerie, stups – surtout la chnouf –, diverses infractions routières et pour couronner le pedigree, quelques bastons qui l'ont conduit sept mois au placard.

Je le tchècke et franchis la porte de son teumteum :

— Putain, ils sont vénères les p'tits d'en bas !

— Mais nan Zarca, t'inquiète, ils font rien du tout ! C'est toi aussi, qu'est-c'que tu bizgotes avec les gars du 18e ?

— Arrête avec ça ! J'bizgote rien du tout, j'connais juste Kays, c'est l'mec de ma reusse.

— Justement, ton Kays c'est un problème, il protège trop son frère.

— Normal, toi tu protégerais pas l'tien ?

Je me postiche sur le canapé du séjour, l'ordi posé sur la table basse diffuse une vidéo YouTube intitulée « Le Secret des pyramides d'Égypte ».

— Putain Slim, tu t'intéresses à l'Égypte antique maintenant ? Ça doit t'changer des films de boules.

— Tais-toi, sale bâtard ! C'est un reportage archi-intéressant, ils expliquent que les pyramides ont pas pu être construites par des hommes.

— Ah ouais ? Alors, elles ont été construites par qui ?

— Justement, ils savent pas !

L'appart de Slim est une vraie porcherie depuis que sa zouz Asma s'est taillée au bled, suite à un énième coup de plafond qu'elle a reçu dans les gencives. De la poussière s'accumule dans les recoins du salon, des cendars blindés de filtres et des bouteilles vides traînent un peu partout, sans compter les deux sacs-poubelle abandonnés à l'entrée du teum-teum. Ma parole, le poto vit trop à l'arrache !

Un splif à la bouche, Slim s'assoit à côté de moi :

— Bon alors roya, ça raconte quoi ?

— Rien d'spé ! T'as la coke ? C'est pour Dina…

— Ouais, j'vais t'faire ça ! Tu veux combien ?

— File-moi cinq meuges, ça suffira !

— Sans problème ! Par contre quand tu sors, planque la cécé dans ton calbute, les keufs tournent trop en c'moment. J'sais pas c'qu'ils ont les rnouchs, si c'est l'alignement des planètes ou quoi.

— OK gros, j'vais faire gaffe.

Slim me file son joint, je le rallume et tire deux énormes barres dessus. Il n'y a pas à chier, le chichon de Belleville est sans conteste le meilleur de Paname. Ça change de celui de Barbès, coupé au pneu et à la daube de chameau. Mon phonetel se met à sonner. Azad. Je laisse sonner.

— Dis-moi Slim, j'essaye d'écrire un guide sur l'Paname underground. Tu connais, les bails chinois d'Belleville ? Genre la mafia, les triades, les réseaux et tout… J'voudrais en parler dans mon bouquin, gratter un chapitre sur la Chinese Connexion.

— Vite fait ! Dans la rue Rebeval, y a une salle de jeu tenue par des niaks et y a les tapins aussi près du tromé, mais j'sais pas si ça va t'aider.

Nan, avec ces infos, je ne risque pas d'accoucher d'un best-seller. Dans l'idéal, il me faudrait le contact d'un commerçant ou d'un clando noichi, mais un asiate à la langue pendue est aussi rare qu'une perle dans une moule. Pas évident de s'incruster dans ce milieu.

— Cimèr Slim… Tu peux m'larguer la cécé ?

— Maintenant ?

— Ouais, j'veux bien, faut que j'trace à Pigalle là.

Le pote se lève, deux de tense, s'éclipse dans sa piaule et réapparaît quelques secondes plus tard. Il me refourgue un bon sachet de poudre en échange d'une liasse de 300 dolls. Je planque le matos dans le fin fond de mon calfouète, entre mes bouliches. Azad tente à nouveau de me joindre, je l'ignore une fois de plus. L'Afghan me contacte souvent pour me solliciter – l'accompagner quelque part, l'aider pour un déménagement, récupérer un truc pour lui – du coup, j'ai tendance à jouer le macchabée et attendre qu'il laisse un message sur mon répondeur pour savoir si je dois préparer un mytho avant de le rappeler.

— Tu l'connais si bien qu'ça, le mec de ta pote Dina ? me sonde Slim.

— Ben, c'est l'mec de Dina ! Elle est comme ma sœur, bien sûr que j'le connais. Kays, c'est la mifa.

— OK, OK, roya ! Alors écoute ! Le frère de ton soce, un jour, il va s'faire pécho par les petits d'ici et sur ma vie, ils vont l'tuer. Et ton Kays, vu qu'il le protège, ils vont l'fumer aussi. C'est pas une embrouille à deux dolls, Zarca. Entre Belleville et Bezbar, c'est la guerre maintenant.

3

RED-LIGHT PIGALLE

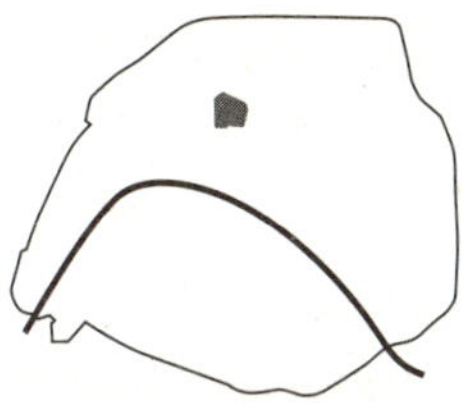

Je traîne mes savates dans la rue de Douai et m'introduis au *Nasty Pussy*[1], ce rade à l'ambiance tamisée rappelant vaguement les boudoirs à l'ancienne avec ses fauteuils en cuir, ses méridiennes, toutes ses bougies et ses lustres en simili cristal. Une déco aussi falsh que les nichons de Nicki Minaj.

Apo, blonde aussi bonne que vulgaire, la ganache tartinée de rimmel et la bouche en fion de poule, s'apprête à m'accrocher avant de s'arrêter net :

— Ah L'Écrivain… Je t'avais pas reconnu ! Ça fait longtemps qu'on t'a pas vu !

— Salut Apo !

Au comptoir, un gus sapé en costard offre un verre de champagne à une jeune michetonneuse, sans doute une stagiaire. Mon chapitre sur Pigalle

1. Le nom du bar a été modifié.

devrait rouler sans trop de souci, je connais plutôt bien le quartier et Dina peut m'exposer tous les codes du milieu putassier. Autant les strip clubs établis sur le boulevard de Clichy et adeptes de la surfacturation n'offrent aucun service sexuel, autant certains bars des rues avoisinantes permettent aux michetons de se soulager les burnes, moyennant 120 dolls environ pour une passe à l'arrache dans une arrière-salle rudimentaire. Au *Nasty Pussy*, les filles ne vendent pas leur chatte, michetonnent simplement bleus et touristes de passage dans le secteur. Les entraîneuses comme Dina incitent les clients à tiser et raquer des bouteilles de champagne à 200 dolls. En vrai, le *Nasty* est un attrape-couillon.

— Hey Zarca ! me salue Dragan, le patron, planté derrière le comptoir.

— Salut Dragan ! je m'avance pour lui serrer la pogne.

Dragan, le proxo en carton. Un filou au pois chiche dans le crâne, attachant comme un sale gosse. Des bagues en or autour de chaque doigt, quatre ou cinq énormes chaînes pendues à son cou, des cheveux longs jusqu'aux épaules et des Ray-Ban aux yeux, Dragan se la joue croma. Baratineur pété à la coke, je foutrais ma pogne à couper qu'il se gave de films hollywoodiens et de clips de rap à la gloire de pimps improbables.

La porte des chiottes s'ouvre et surgit Dina. Surprise de me voir au *Nasty*, elle lâche un bête de smile et se précipite sur moi pour m'embrasser quinze fois la ganache. Elle me chope par le bras, m'entraîne sur un canapé du rade, saisit ma main droite et me la tripote :

— Alors, ça va Zarca ?

— Ben ouais, tranquille…

— Le guide, t'as commencé ?

— Vite fait, là j'suis en train de sonder l'terrain. J'vais voir avec Azad pour m'incruster avec les Afghans de gare de l'Est, j'cherche des Chinois d'Belleville ou du 13e pour piger leurs dièzes et après j'ai deux ou trois pistes à explorer par-ci par-là… Et toi, si tu peux m'briefer un peu sur ton milieu et l'tiéquar, j'suis bien chaud aussi…

— Grave ! J'ai trop de trucs à t'raconter sur Pigalle. Des bars à meufs, il en reste plus des masses ici mais je t'explique pas les coulisses de c'business. Tu sais, y a un Serbe, il s'appelle Kosta[1], il gère presque la moitié des bars, des cabarets et des sex-shops du quartier. T'es pas au courant de ça, hein ? Le mec, il tient aussi des grecs sur le boulevard de Clichy. SoPi[2] lui appartient, tu vois. À Pigalle on sait tous que ce mec blanchit sa maille dans ses commerces. Après, j'sais pas s'il fait dans la came, les armes ou les tapins mais juste, pour l'anecdote, y a dix ans il a fait flinguer un mec qui tenait des sex-shops rue Saint-Denis, et il rackette Michou depuis vingt piges. Tu connais Michou, le mec des cabarets, le pédé en bleu.

— Hey Dina, oublie pas qu'tu bosses ! prévient Dragan.

1. Le nom a été modifié.

2. South Pigalle.

— Ouais, ouais, big boss ! le rembarre ma pote, un sourire au coin du bec.

— Ouais, ouais, c'est ça, parle à mon cul hein… Je vais me faire des couilles en or avec ce guide.

Maëlle, belle pute à la coupe garçonne et au déhanché appétissant, m'apporte une pinte de seize. Je la remercie, elle tourne les talons et regagne le zinc, je ne me prive pas de loucher sur son tarpé. Maëlle sent la chaudasse mais d'après Dina, c'est une étoile de mer au plumard.

— T'as la cé ? me sonde la frangine.

— Ouais ! Mais t'es sûre que c'est une bonne idée d'taper comme ça, pour ta p'tite locataire ?

— Va falloir qu'elle s'y habitue.

En scred, je lâche la chnouf à ma soce. Elle me smacke une joue, se relève et file aux chiottes. Dina adore la cé et ce n'est pas sa gamine qui la changera. Je m'enquille quelques gorgées de binouze, chouffe une fois de plus le boule de Maëlle. Elle, je lui bouffe le fion quand elle veut. Dommage qu'elle ne veuille pas. Comme Dina, Maëlle complète son salaire d'hôtesse par de l'escorting, j'ai déjà rodave son annonce sur le site Vivastreet : « Jeune étudiante propose massage complet avec finition, fellation nature, domination et fétichisme des pieds. » Tarif de la presta : 150 roros de l'heure, avec un supplément de 50 dolls pour l'anal, 100 pour du BDSM.

Dina réapparaît, se rassoit sur le canap'.

— Bon Zarca, va falloir que je m'y remette ! On s'voit bientôt et j'te raconterai tous les délires de Pigalle…

— Yes chérie, carrément !

Elle m'embrasse et se relève, rejoint un pigeon au comptoir. Je termine ma bière, décolle mon cul du canapé, salue le taulier, ses charbonneuses et me casse du bar. Je remonte la rue de Douai jusqu'au boulevard de Clicli. De l'autre côté de la route, un ancien à la dégaine familière – moustache de pédophile, béret vert kaki sur le caillou et imperméable d'exhibo – s'introduit dans l'*Atlas*, l'un des derniers cinés porno de Paname. J'ai visité une seule fois ce cinoche mais sans m'éterniser, l'endroit chlinguait trop le foutre avarié. Je préfère largement le *Beverley* de Bonne-Nouvelle, beaucoup moins crade.

J'arpente le boulevard jusqu'au *Sexodrome* et m'engage dans le Love Store, blindé de monde en ce samedi soir. Posté derrière la caisse, Philippe – le proprio – tchatche avec Sybille, modèle du peep-show, par ailleurs actrice pour un site porno spécialisé dans les douches de sperme.

J'interromps leur converse, serre la pince du taulier et lui demande où bosse Baccari ce soir. Il me répond que le pote turbine au *Moon*, je le remercie, m'arrache du sex-shop et traverse le boulevard. Comme d'hab, des mecs galèrent sur le terre-plein central de Pigalle, les yeux rivés sur la devanture du *Moon City*. Je sonne à la porte du sauna, poireaute quelques secondes à l'entrée. Baccari m'ouvre le sas, je m'introduis dans le club et claque la main du poto.

— Ça va Bac ?

— Bien et toi ?

— Nickel ! J'taffe sur un guide de l'Underground là, alors j'essaye de voir un peu c'qui se passe dans l'secteur. Tu vois, j'fais du terrain, un peu comme un journaliste mais sans raconter d'la merde.

Le frelot se marre.

Bac, comme Slim, comme mon soce Seb, est un pote d'enfance, un mec du neuf-quatre. Impressionnant, imagine un golgoth de deux mètres à la peau noire, taillé en V, les bras plus épais que mes cuisses et une mâchoire carrée façon « Croc d'acier » dans James Bond.

Depuis trois piges, Baccari fait la sécu au *Sexodrome*, au *Moon City* et dans deux cabarets du district. Fighter hors pair, il est passé par le kick et la lutte avant de s'orienter vers le MMA sous les conseils de Maktar Gueye[1]. Il souhaiterait devenir combattant pro, seulement, dans l'hexagone, le free fight ne permet pas de grailler. Du coup, comme un paquet de Français aux bouliches plus grosses que des pastèques, Bac a décidé de franchir un cap et de participer à des combats un peu moins officiels, mais qui raquent.

— Alors, tu bastonnes bientôt ? je questionne le srab.

— Ouais ! Mardi prochain à porte d'Aubervilliers, au hangar des rabouins. Tu viendras, j'espère.

— Carrément poto, j'vais pas louper ça. Tu connais ton adversaire ?

— Nan, j'connais jamais mes adversaires à l'avance, ce sera la surprise mais dans tous les cas, j'vais lui niquer sa mère !

— Ben ouais, j'sais… Tu vas l'fumer, c'est obligé !

1. Combattant français de MMA (free fight).

— Dis-moi, Zarca ! Baccari change subitement de sujet. Toi qui crèches à la Chapelle, t'as des nouvelles de mon frère ?

Putain, son frère ! C'est une bête d'idée, pour mon livre.

— Nan, pas vraiment mais j'vais m'rencarder si tu veux…

— Ouais, nan, laisse tomber ! Bac hésite. Enfin ouais, si t'as des news, j'veux bien quand même…

Pour t'expliquer l'histoire, son frère Ousmane est tombé dans la came, et pas n'importe laquelle : d'abord la rabla puis le Skenan[1] avant de finir au crack. Oussou a barbé de la thune à ses darons, il a fait quatre allers-retours en calèche et sa famille l'a répudié. Bac, jusqu'à présent, ne voulait plus entendre parler de son cadet. A priori, Ousmane traîne encore sa carcasse à porte de la Chapelle. Ce serait chanmé de l'intercepter et de le suivre dans la quête du Ferrero pour gratter, dans mon guide, un chapitre sur les toxicos de Paris Nord.

— Bac, tu penses que j'peux rester un peu ici ? je tente l'incruste.

— Ben ouais, carrément !

— Cool !

Je chille peinard dans le grand Jacuzzi, un peu désinhibé par les trois verres de champ' enquillés en dix minutes. Autour de moi, des couples se caressent et se galochent, je mate le tableau comme un voyeur. Un chatteux savoure un massage de la nuque prodigué

1. Dérivé morphinique qui a remplacé l'héroïne à Paris Nord.

par deux bombasses, un couple échange une soupe de langue passionnée. Je suis bien tombé, dans cette soirée dédiée aux femmes : entrée gratos pour les raclis, payante pour les couples et interdite aux mecs seuls – à part moi et peut-être deux ou trois autres pistonnés.

La déco du *Moon City* s'inspire de l'Inde, des sculptures de Shiva et Ganesh trônent un peu partout dans ce baisodrome aux peintures murales colorées et à la luminosité tamisée. Pour couronner cette ambiance kitch, une musique indienne résonne en fond sonore dans le boxon. Au-dessus de ma tronche, un écriteau interdit de niquer dans le bain à remous. À vrai dire, j'approuve cette décision, moyennement tenté par l'idée de nager dans une flotte coupée au foutre et à la cyprine. Face à moi, deux meufs – une brune assez michto et une asiate plutôt grassouillette – se roulent des pelles et se pelotent les airbags. Triquant à mort !

Je me taille du Jacuzzi, trahi par ma gaule mais je m'en tape. Je n'ai pas honte de mon corps velu et cramé à la poitrail. Je ne me définirais pas comme naturiste – les naturistes développent une philosophie de vie dont je me bats les steaks – mais je me sens mieux à poil, c'est tout.

Je récupère ma serviette sur le rebord du bain, l'enroule autour de ma taille et monte à l'étage supérieur, « le village libertin ». Au flair, je m'aventure dans le sauna. Sur la banquette de l'étuve, une daronne s'empale sur un renoi. À côté, un vieux beau un peu flasque tète les nichons d'une rouquine pendant qu'une autre lui pompe le chibre. Je me postiche à côté de ce trio, pose délicatement ma main sur le derche de la suceuse. Celle-ci délaisse la queue du vioque pour me rembarrer :

— Nan merci !

Tant pis ! Je m'éclipse du four, longe un couloir étroit et m'introduis dans le hammam, où des cris de jouissance couvrent le son de la musique indienne. Au milieu des silhouettes entremêlées dans la vapeur dense, deux meufs plutôt bien gaulées se broutent la chnèk. Je kifferais m'immiscer dans leurs ébats mais si ces zouzs souhaitaient faire participer un mec, elles ne m'auraient sans doute pas attendu. Je me replie sur un jeune couple mixte, une femme autant généreuse en mamelle qu'en bouée de sauvetage avec un type musclé des bras et gras du bide. En pleins préliminaires, les deux se caressent et s'emballent à pleine bouche. Je tente le tout pour le tout, m'approche du tandem :

— Je peux ?

Le mec sonde sa go :

— Tu veux ?

— Pas tout d'suite !

Une façon diplomate de m'envoyer chier. Je lâche l'affaire, ne cherche même plus à partir en quête d'une coéquipière. Un maigrichon au caillou dégarni, zboub à l'air, s'assoit à ma droite et m'adresse un sourire :

— Tu viens souvent ici ?

Casse les couilles !

— Nan, c'est la deuxième fois ! je lui réponds poliment. En fait, je connais bien l'physio.

— Moi, c'est le propriétaire du *Moon City* que je connais. Je viens souvent, j'adore l'esprit du lieu et la mentalité des habitués. C'est vraiment un oasis de liberté…

Et merde ! Je sens que ce type, en plus de vouloir me farcir le trou de balle, va me briser les grelots. Par moments, les libertins ne peuvent pas s'empêcher d'intellectualiser leur choix de vie, de philosopher sur leur envie de piner. Ils sont relous…

Je prétexte une envie de pisser et m'arrache du hammam. D'ailleurs, je m'arrache tout court, regagne les vestiaires. Inutile de rôder plus longtemps ici, je l'ai dans l'os. Je vais essayer de retrouver le frère de Baccari entre GDN[1] et porte de la Chapelle – au royaume des schlagues.

Que ma nuit serve au moins à quelque chose.

1. Gare du Nord.

4

HARDCORE
COMME PARIS-NORD

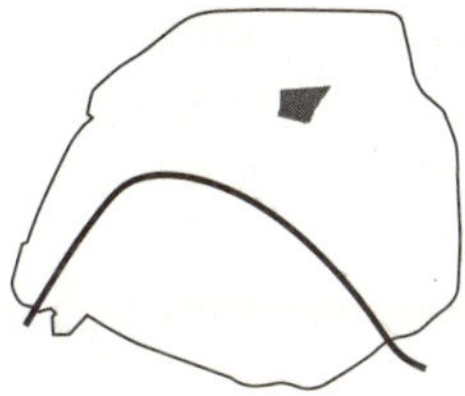

Je rôde autour de la gare du Nord dans le sanctuaire des toxs, à l'angle de la rue de Maubeuge et de la rue Ambroise-Paré. Une assoce distribue de la soupe aux charclos et aux refugiés installés depuis peu dans le périmètre. Quelques camés s'infiltrent dans la file d'attente mais la plupart d'entre eux, pourtant bien maigres, se tiennent à l'écart de la bouffe.

J'appelle cette zone « le sanctuaire » car malgré la présence des schmitts, les toxicos y sont relativement peinards. On les emmerde peu, les assoces sillonnent le quartier et les pouvoirs publics y ont abandonné la répression au profit de la prévention, en témoigne le distributeur de piquouzes planté à la sortie de GDN.

Le cul collé contre une rambarde, je crois reconnaître un gueuche – très grand rebeu maigre comme un clou, les joues creusées et le zen en forme de noix de cajou –, mais va savoir si je connais vraiment ce type ou si je l'ai simplement croisé dans le coin. Le gars me dévisage comme si ma ganache, aussi, lui était familière. Une bibine à la main, il s'avance vers moi, le regard terne :

— Hey l'ami, t'as pas une cigarette à m'dépanner ?

— Si !

Je lui offre une Malbac, profite de la situation pour troquer ma garot contre de l'info :

— Dis-moi mec, j'cherche un pote. Il s'appelle Ousmane, tout l'monde l'appelle Bambou. Ça t'dit quelque chose ?

Le sourire du rabza s'éclipse de sa tronche, il fronce les sourcils :

— T'es qui, toi ? T'es flic ?

— Nan nan, j'te jure que nan…

Le gueuche grogne et s'éloigne aussi sec. Putain, le parano ! Il contourne une barrière de sécurité et rejoint sa clique de zombies, tous affalés sur le bitume de GDN. J'hésite à éclater une cigarette mais ici, je risque de me faire taxer à mort. Une barbouze accompagné d'un clébard boiteux vient me proposer de la « Galaxie », je refuse poliment sans piger la nature de son produit. Un nom pareil m'évoque un trip mais peu probable qu'il s'agisse de LSD, nous ne sommes pas en teuf mais au royaume de l'intraveineuse. Le barbudo trace sa route et disparaît dans les arcades de la gare, où les tacos alignés les uns derrière les autres récupèrent les voyageurs.

La clique de toxicos installée derrière la barrière de sécurité me reluque avec insistance. Parmi la team, une renoie décharnée au crâne rasé et au visage boutonneux me pointe du doigt, je la zieute du coin de l'œil. Sa minijupe ras-la-fouf me laisse imaginer que cette zouz est une soussou, une pute à came, l'échelon le plus bas de la putasserie. Elle donne sa canette au grand rabza et deux de tense, rapplique dans ma direction. Tiens, j'ai comme l'impression qu'elle va me gratter une clope…

La crackwhore s'arrête devant moi.

— Tu peux m'dépanner une cigarette ?

J'en étais sûr ! Ma parole, sans m'en rendre compte, j'ai fait tatouer « Père Noël » sur mon front. Tigent, je lâche une garot à la renoie.

— Merci, franchement ! T'as du feu aussi ? Moi, j'ai pété tous mes briquets.

Je lui file mon feu, elle le range dans sa poche après avoir calé la tige sur son oreille droite.

— Hey, tu m'as demandé un briquet pour éclater ta clope ou pour m'le barber ?

Elle renifle et se racle la gorge, me fixe du regard.

— J'connais, moi, ton ami !

— Ousmane ? Tu sais où je peux l'trouver ?

— Ben ouais, j'sais !

— J'veux bien qu'tu m'rencardes… Et aussi que tu m'rendes mon feu.

Elle jette un œil derrière elle, puis à droite, puis à gauche – en mode flippée.

— Tu m'donnes quoi, si j't'accompagne jusqu'à lui ?

Putain, la bâtarde !

— J'te donne une clope, et mon briquet !

— Arrête de t'foutre de ma gueule ! La soussou pète un plomb, rageuse. Tu m'prends pour une clocharde ou quoi ? J'aime pas, moi, les Blancs comme toi qui s'la jouent ! Je t'emmerde, moi ! Tu parles mais tu sais pas c'que c'est la rue. Tu fais juste genre parc'que t'as une capuche mais tu connais rien. Je t'emmerde, moi ! T'es un toubab alors tu sais pas, alors tu la fermes !

Fait chier !

— Vas-y, détends-toi ! j'essaye de la calmer. Je t'ai rien dit d'mal, pourquoi tu m'embrouilles ?

— Tu parles mal, c'est pour ça ! Tu vois que j'suis en galère et tu rigoles avec ta cigarette et ton briquet ! J'm'en fous, moi, d'ta cigarette et d'ton briquet, j'te les rends…

— Et ben vas-y, rends-les moi !

Elle m'adresse un tchip plus exagéré que celui d'une mama africaine avant de me relancer :

— Bon, tu veux voir ton ami ou pas ?

— Vas-y, dis-moi juste où je peux l'trouver !

— Nan, je t'accompagne… Mais alors tu m'payes une bière !

— Allez !

Elle me fatigue. Zaza ou Caro – elle s'est présentée sous deux blases différents – me trimballe depuis au moins une heure dans le quartier de la Goutte-d'Or, avec une longue halte dans une chiotte publique du boulevard de la Chapelle. Comme des galériens, nous tournons en rond entre la rue Stephenson, la rue de Jessaint et la rue Myrha. Je comprends qu'elle cherche quelque chose, et je devine quoi.

— C'est comment ton nom, tu m'as dit ? Zarma, c'est ça ?

— Zarca !

— J'vais t'appeler Zarma ! Tu sais c'est quoi, zarma ?

— Ouais, j'sais !

— C'est bien comme nom, Zarma ! Zarca, ça veut rien dire.

— Si, ça veut dire quelque chose !

— Ça veut dire quoi ?

— C'est l'bleu, la couleur.

— Je sais, m'prends pas pour une conne !

Zaza scotche sur un groupe de renois postés devant la paroisse Saint-Bernard, accélère le pas pour rallier la troupe et se tourne vers moi :

— Viens Zarma, mes amis, ils puent pas !

— C'est qui, l'Blanc ? lui demande un encapuchonné aux yeux globuleux et à la grosse bouche recouverte de croûtes.

Je m'approche des gueuches, songe à ne pas trop m'éterniser dans le coin. Je ne verrai sans doute pas Ousmane ce soir. Je ne sais pas, un pressentiment... Je salue les quatre gus, le dernier – un petit nerveux – accroche ma pogne et tente un coup de pression :

— Toi ! Si t'es un cousin, donne-moi un truc !

De quoi ? Il veut quoi ?

— Laisse-le tranquille, Thierno ! Zaza vient à la rescousse.

Le renoi me lâche la main, je recule d'un pas. Ce camé paraît imprévisible, je m'attends à tout avec ce genre de gars. Pris de tics, il se gratte la gueule de manière brutale et embrouille la soussou :

— Esther, pourquoi tu viens avec lui ? Il ressemble à un vilci.

— Mais nan, c'est pas un condé, c'est Zarma ! Il cherche son ami, on peut lui montrer où il est…

Le nerveux s'avance vers moi, je serre les poings et la mâchoire. Il me scanne de bas en haut :

— Viens, on va t'montrer où il est, ton ami !

D'accord, le mec ignore totalement de qui on parle mais il peut me conduire jusqu'à lui. Son bluff chlingue le guet-apens à plein nez. Clair, ça daube le coup foireux où ces crackeurs vont m'entraîner dans un local à poubelles pour tenter de me pouilleder. Je me recule à nouveau, prêt à envoyer une golden ou un kick avant de me tailler, le grand renoi à la capuche s'incruste dans la conversation.

— Il s'appelle comment ton pote ?

— Ousmane ! je lui réponds. Mais ici, on l'appelle Bambou.

— Bambou ! Ben ouais, Bambou, carrément ! Fallait l'dire, toi aussi. J'étais même avec lui y a une heure. Bambou, c'est obligé, là tu peux l'trouver à Marx Dorm' devant le McDo ou l'église, ou autour du square Séguin. Tu vas l'trouver là-bas ! Ou sinon, c'est qu'il traîne à porte de la Chapelle…

D'un coup, le man s'arrête de parler, traverse la route pour rejoindre un vieux Bobo Shanti planté sur le trottoir de la rue Saint-Bruno. Les deux se tchèckent puis s'éloignent dans la rue Saint-Luc. Merde, l'encapuchonné avait l'air peace et maintenant, me voilà seul avec la guedine, le petit rageux et deux autres types bien silencieux.

— Bon, moi j'vais tracer ! je salue la clique en plaquant ma main droite sur mon cœur.

— Tu vas où ? me fait Zaza.

— J'vais retrouver Bambou !

— Nan, nan, reste avec nous ! me retient le nerveux.

— Ouais, reste avec nous ! répète la zouz. On va fumer et tout !

— Nan, faut vraiment que j'me natch' là !

— Vas-y, paye tes bières ! Lâche un truc !

Je tourne les talons et m'arrache de là, sous les insultes des deux excités.

— Enculé d'ta race va !

Le grand renoi ne m'a pas mytho, à croire que les toxs suivent chaque nuit le même parcours. Je n'ai pas eu besoin de dépasser le Do Mac et d'aller rôder autour du square Séguin pour intercepter le frère de Baccari. Je le repère, adossé contre le mur du LCL de Marx Dorm', là où tapinent les jeunes talonneuses ghanéennes. Au moins une berge que je n'ai pas vu Ousmane et il n'a pas changé, ne s'est pas dégradé davantage : toujours aussi maigre, des grosses poches sous les yeux, des chtars sur la face et la tête recouverte de croûtes. Quand je pense qu'au collège, c'était un gamin vif et malin, je ne devrais pas dire ça mais je t'avoue qu'il me fait un peu tièpe.

À côté de lui, deux renois pas moins consumés, l'un équipé d'une béquille, l'autre, handicapé pourvu d'un crâne conique. J'aborde le frérot :

— Oussou ?

Il fronce les sourcils puis écarquille les yeux, me lâche un énorme smile marqué par une dentition flinguée et noire charbon :

— Zarca ! Putain Zarca !

Il arrache ses soces de leur matrice :

— Les gars, c'est Zarca ! Lui, c'est mon pote, c'est comme la famille, faut pas l'emmerder lui !

Il m'enlace et m'adresse une tape amicale sur le dos avant de me libérer de son étreinte, je serre la pince de ses acolytes.

— Alors Zarca, ça dit quoi ?

— Rien d'spé ! je hausse les épaules. Et toi alors ?

— Moi c'est l'bordel, t'as vu… Tu fais quoi, Zarca ?

— Ben rien, j'voulais t'voir ! J'étais avec ton frangin tout à l'heure et il m'a demandé d'tes nouvelles.

— Mon frère, il veut plus m'parler ! Pourtant c'est mon frère, hein ! Il va comment ?

— Ben lui, ça va ! Il combat mardi prochain au local de porte d'Auber. Si tu pouvais venir, franchement, ce serait chanmé. Viens, j'te jure, ton frère va kiffer !

En vrai, pour Ousmane, se bouger au hangar des manouches s'apparentera à une mission. Compliqué pour un gueuche rythmé par la came de s'engager, tenir un agenda et se motiver pour autre chose qu'une galette. Mais bon, sait-on jamais. Oussou flanque un léger coup de coude à Crâne conique :

— Tu sais, Soum, mon frère, c'est un combattant ! Il s'tape dans un entrepôt secret à Aubervilliers. Mon frère, il s'tape bien, il s'entraîne tout l'temps ! Et Zarca, c'est un pote de mon frère, on vient d'la même ville et on était dans la même école quand on était petits.

— OK ! lui répond Crâne conique, le regard perdu dans sa matrice.

Je coince une clope entre mes lèvres, tends mon paquet à Ousmane qui, sans gêne, me taxe trois garots. Je reçois un SMS de Slim «ca va fréro tu fé koi?», montre l'écran de mon phonetel au frelot de Baccari :

— T'as vu Oussou ! C'est Slim, tu t'souviens de lui ?

— Ben ouais hein, moi j'ai une bonne mémoire. Putain, tu revois tout l'monde d'avant, ma parole !

— Juste les meilleurs !

Ousmane sort un vieux portable de sa poche – un genre de 33-10 –, jette un œil dessus puis décolle sa carcasse du LCL :

— Zarca, tu nous accompagnes ? On va à porte de la Chapelle...

— Si tu veux !

— Ouais viens ! T'as 20 euros sur toi ?

— Ah nan, désolé, j'ai rien du tout !

— Pas grave !

Me v'là au 5, rue Gaston-Darboux, dans la cage d'escalier d'un immeuble délabré – boîtes aux lettres déglinguées, murs tagués et craquelés, ampoule grésillante suspendue au plafond – en compagnie d'Ousmane, de Crâne conique, de Béquille et de quatre autres crackeurs tous plus fooleks les uns que les autres, et je me rends compte à quel point je ressemble à une luciole au milieu de cette clique de karlouches. Un excité s'embrouille dans une langue kainf' – peut-être du wolof –, avec une fatou brûlée à la joue gauche.

— T'inquiète Zarca ! Ousmane essaye de me rassurer. Les deux, ils se disputent tout l'temps !

— Je m'inquiète pas, c'est leur histoire !

La renoie se mange un taquet dans la gueule, tente de répliquer mais s'en reprend un autre. Ousmane me sourit, une manière sans doute de détendre l'atmosphère et de me présenter cette ambiance comme bon enfant. La renoie se met à chialer, s'éclipse de l'immeuble avec le gars. Dur ! À travers la porte vitrée du hall, je vois ce rageux asséner un énorme steak dans le bide de sa go. La meuf se plie en deux et s'effondre, son tortionnaire l'agrippe par les tifs pour la relever.

— Zarca, t'es sûr que t'as rien sur toi ? me questionne à nouveau Ousmane. Même pas dix euros ?

— Ma parole Oussou, j'ai que dalle !

En vrai, j'ai bien cinquante balles dans les fouilles mais si j'annonce la couleur, ils ne vont pas y rester longtemps. Crâne conique s'assoit par terre, le dos collé au mur du hall, allume sa pipe artisanale vraisemblablement confectionnée à partir d'un doseur à boule. Il tire quelques tafs sur le youyou puis le fait tourner à Béquille.

— Bambou, faut qu'il donne un truc ! avertit un dreadeux au regard de tueur, son index pointé dans ma direction.

Différent des autres cracktons, le rastaman est plutôt carré, galbé et clean sur lui. Un nouvel arrivant dans le monde du biscuit ou un Survivor – surhomme que la galette ne parvient pas à terrasser. De par sa couleur de peau et son accent singulier, je pense qu'il est martiniquais ou guada, un gars des îles.

— Zarca ! Ousmane murmure à mon oreille, une main posée sur mon épaule. Le mec, là, il plaisante pas ! Faut qu'tu donnes quelque chose, vraiment…

— Mais j'ai que tchi, putain ! J'te jure, frère !

J'ignore si Ousmane est dans le coup ou s'il subit les injonctions de mon agresseur. Je pensais que le frère de Bac serait mon ange gardien, c'était sans compter que la sécurité n'existe pas dans le milieu de toxs. Bien décidé à conserver mon zeillo au fond de mes poches, je n'en démords pas, réaffirme ma dèche une énième fois. Puis, je remarque une lame dépasser de la pogne du dreadeux.

— Donne le fric, toi, Blanc !

Putain de merde !

— Ma parole, j'ai rien ! Rien du tout, même pas une putain d'pépète !

Je serre les pognes.

Si je flanche, je crève.

— Moi, j'rigole pas ! J'vais t'tuer, toubab !

Il pointe son surin sur moi, Ousmane s'interpose :

— Timal, arrête ! Il a rien, j'le connais !

— Qu'il reste tranquille, je l'aime pas !

La pipe atterrit entre les mains du taré, il me zappe aussi sec. Je ne l'intéresse plus, il se calme et range son schlass. Cramé de la tête, celui-là !

— On s'casse après ! me propose Oussou. Tu viens avec moi, on s'barre tous les deux.

— Tu veux aller où ?

— J'ai un truc à faire à La Colline.

La Colline.

— Nan Oussou, je monte pas là-haut ! Mais raboule mardi à porte d'Auber, pour le combat d'ton frère. J'te jure, ça lui fera archi plaise. On pourra s'retrouver devant le hangar à 22 heures, au niveau de l'arrêt de bus.

— Ouais d'acc, j'vais essayer ! Attends, j'note…

Il dégaine un vieux papelard chiffonné et un stylo Bic, griffonne le lieu et l'heure du rencard. Perso, je n'y crois pas trop.

— T'es sûr que tu veux pas m'accompagner à La Colline ?

— Ouais, ouais, Oussou, sûr et certain !

La Colline. J'ai beau préparer un guide de l'Underground, je ne traînerai jamais mes chlops dans ce bidonville de camés situé entre deux bretelles d'autoroute, à porte de la Chapelle.

Je prends parfois des risques mais je ne suis pas suicidaire.

5

GRANDS BOULEVARDS BY NIGHT

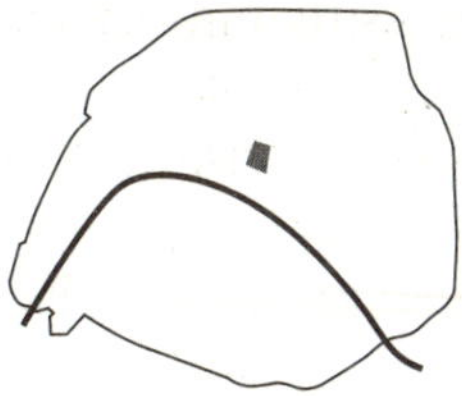

Jeudi. Il est deux heures du mat' et je viens de quitter *Le Tambour* pour pointer *Chez Carmen* où j'espère croiser quelques potes. Carmen, cette ancienne âgée d'une soixantaine de balais, gère une boîte meskine dans la rue Vivienne, à deux pas du Rex. Je serre la pince de Saber, le physio, m'engouffre dans la discothèque et viens me caler au zinc.

— Salut mon beau ! m'accueille la mama des lieux.

— Salut Carmen, tu vas bien ?

— Très bien et toi ? Tu écris toujours ?

— Toujours.

— Super ! Qu'est-c'que j'te sers ?

— Un pastaga et un shot de sky, s'te plaît.

— Tout d'suite !

Le dancefloor dominé par une boule à facettes est déjà blindé de clubbers. À ma gauche, un vieux maigrichon palot comme un derche, cheveux blancs, longs et gras, s'envoie un croque-monsieur, la spécialité de la casbah. La taulière pose ma picole sur le comptoir. Une main me tapote l'épaule, je me retourne. Cylia, des lunettes noires sur les yeux et une fourrure sur la carcasse, lève un verre de sky :

— Salut toi !

— Salut Cylia ! Ça fait un bail, putain !

Cylia – trans marocaine siliconée et hormonée –, je la connais du bois de Boubou. Archi-cool à l'époque où je pondais *Le Boss de Boulogne*, elle me payait des gros splifs dans l'allée de la Reine-Marguerite, le spot où elle tapinait. Ultra-foncedée, Cylia carbure au bédo, à la tise, la chnouf et raffole des opiacés. En somme, une polytox.

— Oui, ça fait longtemps ! Mais j'suis pas contente, c'est pas bien c'que tu as raconté sur nous dans ton livre.

— Arrête tes conneries, Cylia ! Lis l'bouquin déjà, et arrête de croire tout ce qu'on t'raconte ! C'est Maîtresse Gilda ou des fomblardes du Strass[1] qui t'ont foutu d'la merde dans la tête ? Tu sais très bien que j'suis réglo.

Quand tu écris à la première personne, les lecteurs t'identifient parfois à ton narrateur. C'est comme ça que des tocards m'ont confondu avec le Boss de Boulogne, dealer sans pitié et casseur de pédés. Des charbonneurs du sexe et des assoces à la mords-moi-le-zboub sont venus me péter les couilles après la parution de mon roman. Je ne me suis pas privé

1. Syndicat du travail sexuel.

de répondre à mes détracteurs d'aller se faire mettre, pas responsable pour un kopek de leur manque de discernement.

— En tout cas mes copines sont énervées après toi ! J'te conseille pas d'revenir au bois de Boulogne.

— Vas-y, on parle d'autre chose, ça va m'soûler ! Tu racontes quoi, toi ?

— Rien d'spécial, j'en ai marre de Paris, j'veux partir à Bruxelles.

La beuh est toujours plus verte ailleurs…

— À Bruxelles ? Qu'est-c'que tu vas foutre là-bas ?

— J'vais travailler, qu'est-c'que tu crois ? En Belgique, on peut bosser dans d'meilleures conditions.

— Si tu l'dis. Tu crèches toujours à place Clichy ?

— Oui ! D'ailleurs, y a pas longtemps, avec ta copine, on a fait la fête au *Rouge Club.* C'était bien, Dina elle est gentille ! J'savais pas qu'elle attendait un bébé.

— Ben ouais, cinq mois maintenant, elle commence à avoir un petit bidon !

Claqué, je bâille et me frotte les yeux, teste la générosité – ou la crevardise – de Cylia :

— T'as pas du carburant ? Juste une trace, j'suis mort là.

— T'as rien, toi ?

— Nan, chipette ! Mais t'inquiète, la prochaine fois, j'te mets bien.

Elle fourre une main dans la poche intérieure de son manteau puis glisse un sachet dans le creux de ma palme. Carmen fait mine de ne rien voir. Je remercie Cylia et fonce aux chiottes sans attendre, m'enferme dans les gogues et m'accroupis. Je baisse l'abattant du trône, le saupoudre de cécé et trace une ligne à l'aide de ma carte d'identité. J'enroule un bifton, m'enfile la poutrasse dans la narine droite – ma narine de prédilection. Je récupère la poudre, sors des chiottes et regagne le comptoir, rends discrètement la chnouf à sa proprio.

— Cimèr Cylia !

— Pas d'quoi !

Je trinque avec la soce, bascule la moitié du pastaga dans ma tuyauterie. Le vieux cadavre collé à ma gauche roule une énorme pelle à une daronne pas moins dégueulasse, la fin de son croque entre les mains. Je reçois un texto d'Erik : « Tu es toujours à Grands Boulevards ? Je suis chez Jipé, tu me rejoins ? » Carrément que je vais débouler !

— Cylia, j'dois bouger, tu prends un autre verre ?

— Quoi, tu pars déjà ?

— Ouais, j'dois voir un pote mais je peux t'retrouver après si tu veux.

— Et ben, pourquoi tu m'emmènes pas avec toi ?

— J'peux pas, j'te jure que j'peux pas !

— Il est comment ton ami ?

— Pédé jusqu'à la moelle, il te calculera pas !

— Tant pis !

J'enquille mon shot et termine mon verre, raque mes consos et celles de Cylia. Je salue Carmen et me taille chez Jipé.

Rue de Richelieu, tout près de *Chez Carmen.* La voix de Jipé s'échappe de l'interphone :

— Oui ?

— C'est Zarca… Le pote d'Erik…

Un « bip » retentit, je m'introduis dans le hall et comme un branleur, emprunte l'ascenseur pour monter au deuxième. Le patron – costard-cravate, pompes cirées et Cohiba au bec – m'accueille sur le pas de sa porte :

— Bonsoir, mon cher !

— Bonsoir Jipé !

Nous échangeons une poignée de pince, je franchis le seuil de son énorme duplex haussmannien. Jipé est un type pété de zeillo, très connecté aux politiques, artistes de Paname, show-biz et PAF. Assis sur un canapé en cuir, je reconnais d'ailleurs un présentateur télé dont je tairai le nom, accompagné d'une tismé à la ganache juvénile et aux cheveux blond platine, robe courte, moulante et décolletée, escarpins brillants aux pattes, piercing à la lèvre inférieure et tchoutchs sans doute trafiqués. Je longe le couloir principal illuminé par des lustres en cristal, déboule dans le grand salon bordé de rideaux rouges style versaillais.

Jipé dépeint son duplex du 9e comme un espace de liberté totale. Dans ce royaume de la débauche, ça joue, ça pillave, ça se came, ça graille et ça partouze à l'étage supérieur. Un chef occupe la cuistoche et un barman confectionne ses propres cocktails dont le « Jean-Paul », boisson phare de la maison à base de vodka et de liqueur de cerise. Un dealer, comédien raté à ses heures perdues, reste dispo pour bicrave de l'excellente cécé à 100 euros le meuge. Au premier abord, les soirées de Jipé paraissent élitistes mais en vrai, tout le monde peut squatter ici tant qu'il est parrainé par un habitué.

Mon regard croise celui d'Erik, assis seul au bar. Un simple débardeur sur le dos, il abandonne le comptoir et vient me claquer la bise.

— Salut, p'tit loup !

— Salut, Erik ! Ça va, mon vieux ?

— Très bien et toi ?

— Nickel ! On va s'poser ?

— Allez !

Erik écrit des bouquins depuis plus de quinze piges et taffe comme « masseur » dans son harem de porte Dorée. Auteur d'une bibliographie bien fournie, fils spirituel de Dustan, Erik est tricard des médias depuis son passage chez Ardisson où il prônait le barebacking – la baise sans capote, à l'opposé du safe sex. Les Act Up, Lestrade et inquisiteurs modernes incarnés par des baltringues du Marais ne lui ont pas lâché la grappe, des enfoirés ont même poussé le bouchon jusqu'à corner ou déchirer les pages de ses livres dans les librairies.

Nous nous installons l'un en face de l'autre sur des fauteuils Chesterfield, je ne perds pas de temps et dégaine mon matos – la frappe de Slim –, mes massas et une garot. Je roule un joint, Erik interpelle le serveur et nous commande deux sky. Sur la grande table du salon, Patrick, le proprio du sex-shop *111*, tape une partie de poker, des lunettes de flambeur sur les calots. Ce bâtard claque sa maille dans les cartes mais se permet de taxer la terre entière. J'ignorais qu'il connaissait Jipé. Comme quoi dans l'Underground, tout le monde se côtoie.

— Tu l'connais lui ? je questionne Erik.

— Patrick, oui, on s'connaît un peu mais je n'accroche pas avec lui. Il fréquente *Le Gouffre.*

Pour te briefer, *Le Gouffre* est une backroom clandestine située du côté de Montparnasse. Vu qu'Erik boycotte cette boîte à touzes – lui, le barebacker à la sexualité radicale – je préfère l'esquiver moi aussi. D'après les racontars, des mecs ont été violés dans ce baisodrome, des types y ont ramené des gosses et un macchabée a été repêché au petit matin dans un glory hole. L'Underground propage parfois des ragots mais ce type de rumeurs me refroidit d'entrée de jeu.

Le serveur nous apporte nos consos, j'éclate mon pilon. Un mec à ma droite, penché au-dessus d'une commode en bois, s'enfile une poutre dans le pif. Le soce et moi trinquons, je bois et fais tourner mon cône. Je mate mon phonetel, me rends compte que Slim m'a laissé sept appels en absence. Putain, il me veut quoi ? Je le rappelle illico, le srab décroche aussi sec :

— Ouais Zarca, t'es où ?

— Chez un pote, sur les Grands Boulevards.

— Bon roya, j'suis à Opéra là ! Écoute-moi, ton pote de Barbès, Kays, il a été repéré sur les Champs par des petits d'mon quartier. Ils vont l'marbrer, c'est obligé !

Putain…

— Merde ! Tu peux passer m'récupérer, rue de Richelieu ?

— Impossible cousin, j'accompagne des Ricains.

— OK, OK, j'vais prendre un Uber. Merci pour l'info frérot, j'te revaudrai ça !

6

LES CHAMPS-ÉLYSÉES UNDERGROUND

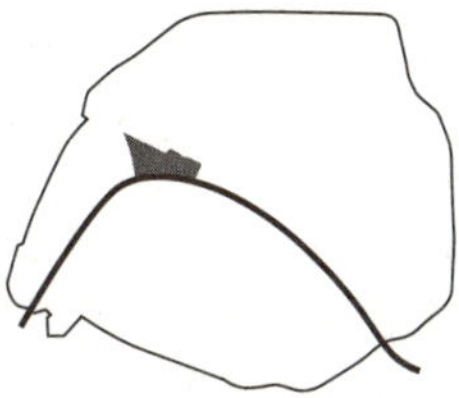

Les Champs-Élysées. La plus belle avenue du monde… Seul un touriste jap ou un redneck de Floride peut te débiter une connerie pareille. Il suffit juste de scanner le périmètre en pleine nuit pour sonder le foutoir, entre lascars en virée, bastons et embrouilles, tireurs, arnaqueurs et voleurs à la ruse. Un dépotoir parsemé de verre pilé, sacs plastoc, flaques de gerbe et ordures.

Je t'avoue, moi le parigot presque pure souche, je n'ai pas l'habitude de sillonner le secteur. À l'ancienne, j'ai quand même passé quelques soirées au *Penthouse* de la rue de Berri mais j'ai fini par boycotter le strip club, gavé de dépenser mon cash pour lorgner des derches aussi bandants qu'inaccessibles. Je me souviens aussi de la rue du Colisée où des jeunes bicraveurs en col blanc venaient fourguer leur coke devant la brasserie *L'Ambroisie* – je me demande d'ailleurs si le plan fonctionne toujours – et du cercle Wagram où un pote de Slim s'est fait marave en tentant de gruger. Depuis, la salle de jeu a fermé ses portes quand le proprio a été suspecté de blanchir l'argent crade de la mafia corse.

Les Champs puent l'Underground et je ne te parle pas de ses parkings, notamment celui de la Boétie – le plus hardcore – où les lardus ont déniché le macchabée d'un clodo, égorgé comme un mouton, il y a quelques années de ça. Dans mon guide, obligé, je consacrerai un chapitre aux Champs-Élysées. Il faudra que je ponce un peu le district mais en traînant un bon mois ici, défoncé à la MD histoire de me socialiser, je devrais pouvoir pêcher un paquet d'infos.

Il est presque cinq du mat' quand le driveur me dépose au croisement de l'avenue et de la rue de Tilsitt.

Après plusieurs tentatives, je réussis enfin à joindre Kays.

— Ouais Zarca ? me répond le mec de Dina, une grosse sono derrière lui. Qu'est-c'qui y a ?

— Cousin, ça fait une plombe que j'essaye de t'joindre. J'suis sur les Champs, tu m'entends ?

— Ouais, j't'entends ! Moi, j'suis au *Duplex* là !

— Hein ? Au *Duplex* ? Putain, qu'est-c'que tu fous dans cette boîte de merde ?

— De quoi ? Tu m'appelles pour ça ?

— Mais nan ! Écoute-moi…

— Écoute quoi ?

— Moi ! je me mets à gueuler dans le combiné. Écoute-moi !

— De quoi ? T'as dit quoi ?

Vénère, je serre le téléphone comme un rageux :

— Écoute-moi, putain d'ta race !

— C'est à moi, Zarca, qu'tu dis « putain d'ta race » ?

— Mais nan, c'est pas à toi bordel, c'est à la situation. Écoute, des tipeus de Belleville t'ont repéré, ils doivent te pister à l'heure qu'il est. Arrache-toi direct du *Duplex* !

— Qu'est-c'que tu racontes, putain ?

— J'te jure que c'est pas du mytho, tu vas t'faire fumer gros ! Natchave-toi maintenant ! J'pécho un taco tout d'suite et j'te récupère à la sortie.

— OK, OK, ça roule mon pote !

Je traverse l'avenue et me speede dans la rue de Presbourg, jusqu'au *Duplex*.

Qu'est-ce qu'il branle ? Une demi-plombe que je poireaute comme un con devant la boîte, et le taxi s'impatiente :

— Monsieur, vous êtes sûr que votre ami arrive ?

Fait chier ! Je rappelle Kays, sans succès. Décroche putain ! Décroche ! En stress, je l'imagine se faire désosser dans les chiottes du *Duplex*, ou se manger un coup de surin dans les éponges. Sauf s'il s'éclate sur le dancefloor, à la bat-les-couilles. Moi qui me casse le cul à essayer de sauver le sien, ça me foutrait le seum. Enfin, je le vois sortir de la boîte, détendu du zboub, accompagné d'un gars de Bezbar et d'une grande brune sapée comme une taspé.

— Kays ! je le siffle à travers la fenêtre de la gova. J'suis là mec !

Il jette un regard furtif dans ma direction et trace sa route dans l'avenue Foch, comme si je n'existais pas. Merde, qu'est-ce qu'il fout ? Je me casse de la tire, ce chien de taxi démarre et s'arrache du secteur. Enculé ! Je fonce pour rattraper Kays, cinq petits de Belleville apparaissent à l'angle de la rue de Presbourg et se mettent à le filocher. Zob, il va se faire fumer !

— Hey, toi ! un gosse de Ramponeau apostrophe le poto. Hey, j'te parle, fils de pute !

Kays et son acolyte tournent les talons, la meuf qui les accompagne continue son chemin. Puis là, des mecs du huit-dix déboulent de tous les côtés. Je reconnais des types de Bezbar, de la Pelcha et de Marx Dorm'. Une dizaine de gadjos – des soces de Kays – déferlent sur l'avenue Foch, viennent encercler le crew de gamins. Je comprends tout de suite que le mec de Dina a rameuté ses frelots après mon coup de bigo.

Et moi, comme un poisseux, je me retrouve au beau milieu de la rixe.

Le piège se referme sur les Bellevillois, l'avenue Foch vrille en baston générale. Les scarlas du 20e, en sous-effectif et malgré leur jeune âge, foncent sur la team adverse, burnés à mort. Un petit karlouche se fait balayer, un autre se mange un kick dans la mâchoire, un rabza tiffé d'une casquette se prend un coup de plafond. Fait chier ! En une minute chrono, les gosses finissent sur le carreau. S'ensuivent les écrasements de tête et les penalties dans la gueule, alors que le bruit des gyrophares retentit dans le secteur. Dur ! Les mecs de Barbès se dispersent aussitôt, abandonnant les gosses de RPN à l'horizontale, la gueule en vrac. Le petit renoi qui m'avait embrouillé dans une cage d'escalier de la cité Ramponeau, allongé sur le bitume, la face barbouillée de raisiné, intercepte mon regard :

— Toi, sale bâtard, on va t'niquer !

Putain de merde ! Me v'là tricard à Belleville.

7

PORTE D'AUBERVILLIERS, LE HANGAR DES RABOUINS

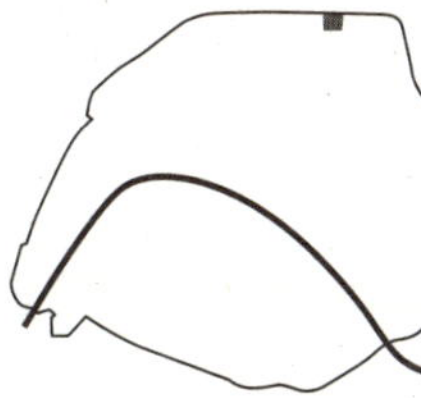

Mardi. Je déboule dans la zone industrielle de la porte d'Auber un peu avant 22 heures. À l'ancienne, c'était le Bronx ici, entre les gueuches du boulevard Macdonald et les tartineuses postichées sous les Abribus du boulevard Ney, l'ambiance ghetto, les rues crades et les gars de la cité Lénine qui traînaient autour de la station Total et du square Claude-Bernard pour dépouiller des bouffons et bicrave leur « sem » au goût de pneu frelaté. Aujourd'hui, même si le secteur s'est légèrement apaisé depuis l'arrivée des Chinois, il figure parmi les spots bouillants de la capitale.

Je jette un œil à l'arrêt de bus de cette rue dont je tairai le blase. Une rue grise, bétonnée et gorgée de bureaux, d'entrepôts et de quelques immeubles en rénovation où des marchands de sommeil louaient anciennement des piaules péraves à des enfants de la zermi. Sans surprise, le frère de Baccari manque à l'appel. Tant pis ! Seule la galette compte pour Ousmane, je ne peux rien faire pour lui et d'ailleurs, il ne me demande rien.

Autour de ce hangar foutu comme un immense container rouillé, la foule commence à s'activer. Des mecs rôdent ici et là dans la street, seuls ou par petits groupes. Dans l'ensemble, des sales trognes à qui tu ne confierais pas ta daronne, à part si tu veux vite palper l'héritage.

Il est maintenant 22 heures passées.

Au bout de la rue, j'aperçois enfin Bac et sa team, quelques connaissances du neuf-quatre et des chiens de la casse du Pavé-Neuf – une cité de Noisy-le-Grand marquée par deux immeubles ronds surnommés « les camemberts ». Bac dépasse de trois têtes l'ensemble du crew. De loin, mon pote ressemble à Patrice Quarteron, « Le Rônin sombre » – champion autoproclamé de kickboxing –, un colosse de Rhodes version black. Autour de lui, Lakhdar, le gros rebeu, Moussa, le renoi à la chicot, Miki, le babtou musclé aux tatouages yakuzas et aux piercings sur les tétons – je l'ai vu torse poil à la salle. Jigé est présent aussi. Ce type était dans ma classe à l'école primaire. En vrai, il s'appelle Jean-Gabriel mais je te jure, il n'a pas la tronche à porter ce blase. Rasé sur les côtés, une mèche blonde plaquée en arrière, une gueule de cassos du Pas-de-Calais, un pif rouge et une peau crevassée, un faux diams à l'oreille gauche et un tribal sur la nuque, le genre de gus que tu imagines le matin tremper son croissant dans un litron de bière.

D'autres anciens accompagnent le frelot mais je te passe les descriptions, ces mecs ne servent à rien.

Les portes du hangar s'ouvrent, Baccari et sa clique ne prennent pas le temps de venir me claquer une main, filent directement dans « L'Arène ». Un bikeur style Hells Angels flanqué d'une longue barbe rousse, d'un bandana sur le crâne et d'une tête de mort sur son marcel noir, disparaît à son tour dans l'entrepôt. Les mots d'ordre ici sont « faire vite » et « rester scred ». Je me speede dans le hangar et rejoins les soces, réunis devant un tas de cartons dépiautés et de polystyrène.

— Yo L'Écrivain ! me salue Jigé. Bien ou quoi ?

— Tranquille !

— Ça écrit en c'moment ou bien ?

— Ouais, toujours !

— Ça écrit sur les travs du bois d'Boubou ou quoi ? il me tacle en empruntant le sourire narquois d'un mec plus futé que lui.

Je ne kiffe pas ce genre de remarque, l'ignore et tchècke le reste de la clique. Baccari me chope une main et sans prononcer le moindre mot, m'adresse une tape à l'épaule. Mon poto garde le silence, plongé dans sa matrice. Il y a de quoi stresser, quand tu t'apprêtes à te courave contre un adversaire dont tu ne connais ni le galbe ni le palmarès.

Un tange jette un dernier coup d'œil dans la rue avant de refermer les portes du hangar, ses cousins discutent en cercle dans un coin de l'entrepôt. Des purs rabouins à la peau cuivrée et à la ganache de truands, parés de bagues en or et de toutes sortes de bling-bling. Ce genre de manouches trempe dans tous les dièzes foireux tant que leur larfeuille peut s'épaissir. Ceux-là par exemple, en plus des combats clandés, organisent des plans trunking – combats de clebs dans des coffres de voiture – au Bourget et à Drancy.

Un gitan tiffé d'une queue-de-cheval se ramène vers Bac, lui désigne un mec planté à l'autre bout du hangar, babtou aux oreilles en chou-fleur, crâne rasé, stocma, tassé et très carré :

— T'vois Baccari ! C'est lui ton adversaire !

Ce gars a le profil d'un lutteur, Bac a intérêt à faire gaffe. Avec ses deux mètres de haut, il devra le maintenir à distance, balancer des longs parpaings et surtout éviter l'accrochage, le clinch.

Le cousin sautille sur place, envoie quelques patates et coups de genoux dans le vide. Le tange à la queue-de-cheval vient se caler au centre du hangar, frappe dans ses mains pour rameuter la populace.

La fritaille débute dans quelques minutes.

Contrairement aux idées reçues, les combats clandestins sont réglementés : interdit de viser les yeux, la pomme d'Adam et les bouliches. Pour le reste, c'est 100 % freestyle. Celui qui tombe K.O. ou abandonne la baston a perdu. Le rabouin rappelle ces quelques règles aux deux combattants et lance le « Start » avant de s'évaporer dans la foule compacte.

Baccari monte sa garde, son adversaire ouvre les mains et fléchit les cannes, prêt pour le takedown. Les deux se clashent un peu du regard puis se scannent de long en large pendant une bonne dizaine de secondes. Dans le public, des biftons agités en l'air. Les paris et cris fusent.

— Vas-y Bac, nique-lui sa race ! Jigé encourage le soce. Baise-lui sa mère la pute, à c'hataï !

Le babtou plie un peu plus les beujes, garde les pinces ouvertes et les bras écartés. Plus aucun doute, ce type est un lutteur. Mon pote s'avance vers lui, envoie un low kick dans sa cuisse pour le tester. L'outsider recule, attend patiemment que Bac décide de lui rentrer dans le lard. Autour de moi, ça braille de partout. Lakhdar, le gros rebeu du Pavé-Neuf, excite le srab comme il peut :

— Vas-y Bac, mets-lui la fessée, à c'fils de tapin ! Montre-lui c'est quoi, un bonhomme !

Devant lui, un gadjo tatoué sur le crâne se retourne :

— Hey, mon gars, c'est qui qu'tu traites de fils de tapin ?

— Qu'est-ce qui y a toi ? le rembarre Lakhdar. Il t'arrive quoi ?

Les deux n'ont pas le temps de s'enliser dans l'escalade de l'embrouille, Baccari balance un front kick et se fait accrocher la jambe. Merde ! Le frelot perd l'équilibre, son adversaire vient le percuter et le plaque au sol. Putain ! Le soce ne lui laisse pas le temps d'amorcer une clef ou un étranglement, part direct en ground and pound, lui assène un énorme steak dans la gueule, puis deux, puis trois… Le babtou lâche la beuje de Baccari, se mange un parpaing magistral dans la mâchoire. Le gitan à la queue-de-cheval s'incruste dans le périmètre de combat pour s'interposer. Le babtou s'écroule sur le béton, la bouche ensanglantée, la ganache en vrac, le chiro dans le brouillard. Fier, le poto se relève, le sourire aux lèvres et la pogne dressée. Dans la foule, certains applaudissent et manifestent leur joie, d'autres tirent la tronche. La stombe a été rapide – une minute grand max –, je m'attendais à plus de difficulté pour Baccari.

Enfin voilà, c'est plié !

J'aurais dû parier moi aussi, les potes de Baccari viennent d'amasser pas mal de cash. Mais bon, de manière générale, j'évite de déconner avec ma thune, la scoumoune m'adore et j'ai déjà paumé tellement de lovés dans ces putains de jeux à gratter. Bac relâche la pression, tout content d'être reparti avec du pèze sans même avoir récolté le moindre taquet. Le poto fait son show, se marre de bon cœur :

— Putain, si ça s'passe comme ça à chaque fois, j'veux bien m'courave tous les jours. J'l'ai bien enculé, l'autre, avec sa tête de skin.

En parlant de skin, ça me fait penser que je dois appeler Seb, pour mon guide.

Sur Paname, il pleut sa mère. Abrités sous un porche à deux pas du hangar, nous fêtons la victoire du frelot en ponçant des flashs de sky. Moussa, le renoi à « la » chicot, dégaine du shit et me taxe une garot pour rouler son pilon. Jigé, lui, me prend le chou depuis tout à l'heure :

— Alors Zarca, quand est-ce que t'écris un livre sur le free fight ? Mais sans travelo du bois de Boubou hein…

Des réflexions pareilles, j'y ai le droit presque tous les jours depuis janvier 2014. La connerie de Jigé me stresse autant que sa tête de blarfe.

— Bon les gros, on part fêter ma victoire à Châtelet ? propose Baccari.

Je connais la clique, ils vont tous vouloir se la coller, descendre les torpilles jusqu'au bout de la nuit. Mais moi, les rades flingués de Châtelet me gavent. Et puis je suis claqué, je veux juste chiller à l'appart avec Azad, m'enfumer le cerveau et écrire.

— Moi j'peux pas, Bac, j'ai trop d'chafra en c'moment !

— Arrête tes conneries Zarca ! Viens avec nous !

— Sur ma vie, frérot, j'peux ap ! Ou bien alors, j'rentre au teum-teum terminer un truc et j'vous rejoins peut-être plus tard.

— Si tu dis ça, tu viendras jamais !

Le khey vise juste, quand je cherche à m'esquiver je dis toujours que je reviendrai peut-être.

— Nan, nan, Bac, y a vraiment moyen que j'vous rejoigne ! Mais là faut que j'balance un mail en urgence à mon éditrice.

— OK, OK Zarca ! Comme tu veux mais sérieux, essaye de gérer, on va s'mettre bien ! Appelle-moi quand t'as fini tes bails.

Je salue la team et taille en direction de la station Front-Populaire. La ligne 12 n'est pas à côté, je me laisse guider par mon GPS, tourne dans une rue moisie dépourvue d'éclairage et aux trottoirs craquelés. Ouais, je suis pressé de rentrer chez moi. Je kiffe Baccari, c'est un frère mais j'ai un problème avec ses soces. Je ne sais pas, j'ai du mal avec eux, je les trouve teubés et même pas cool. Et Lakhdar – le roi des bouffons – je ne le supporterais même pas en tof. Si Slim m'avait accompagné ce soir, on se serait sans doute engrainés pour poursuivre la soirée à Châtelet mais je me vois mal encaisser seul les conneries de cette équipe.

En manque de nicotine, j'allume une gainze. Une bécane s'arrête à ma hauteur. Je scanne le motard, imagine qu'il va me demander son chemin ou me toper une tige mais au lieu de ça, le bikeur sort un calibre de son blouson et braque son arme sur moi. Putain ! Réflexe de survivor, je plonge en avant et roule, une explosion retentit et la fenêtre d'une vago éclate à quelques centimètres de moi. Sa race ! Je me relève et tape un sprint sur le trottoir, une deuxième détonation résonne dans la rue. Je cavale comme un renoi de Louisiane traqué par les dèks, débarque sur un boulevard et continue de speeder sans me poser de questions.

8

LE FAUBOURG DU TEMPLE

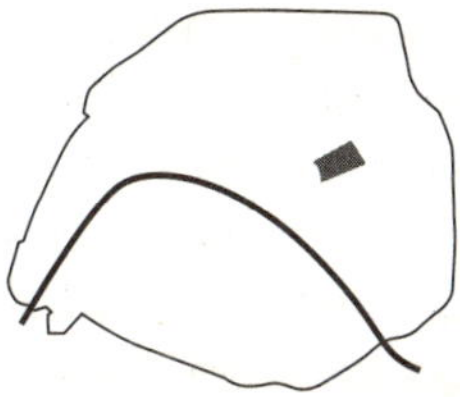

La ganache collée contre la fenêtre du taxi, mon palpitant bombarde et la tremblote ne me lâche pas. Pour la énième fois, j'essaye de contacter Baccari et pour la énième fois, je tombe sur son répondeur téléphonique. Quelle merde !

Flippé, je suis resté planqué au moins une plombe dans la cage d'escalier d'un immeuble de la porte d'Auber, à attendre je ne sais trop quoi. Je ne pige rien, ne réalise toujours pas que quelqu'un a tenté de me shooter. Je n'ai jamais frôlé la mort d'aussi près, une expérience dont je me serais volontiers passé. Je me suis chié dessus – façon de parler.

Nous débarquons à Répu. Au volant de sa gova, le driveur me dévisage dans son rétro intérieur :

— Monsieur, je vous dépose où du coup ?

En panique, je l'ai intercepté à porte d'Auber et j'ai grimpé dans sa tire sans me poser de questions.

Désorienté, je lui ai simplement demandé de me conduire dans le centre de Paname, sans préciser l'endroit exact. Je voulais juste tracer, m'éloigner d'Aubervilliers.

— Déposez-moi au faubourg du Temple !

Mon bigo sonne, le blase de Slim s'affiche sur l'écran.

— Slim ! je décroche.

— Roya ! J'ai eu ton message, j'ai pas tout pigé. T'as des soucis ou bien ?

— Tu peux m'rejoindre aux *Petits Tonneaux* ?

— Nan, là j'peux pas ! Si tu veux, j'termine le taf vers quatre-cinq heures, je pourrai t'rejoindre au *Kooka.*

— Vas-y, on fait comme ça ! À toute !

Arrivé sur le quai de Valmy, le driveur s'engage dans la rue du Faubourg et s'arrête juste avant le *Gibus.* Je lui file son cash, técale de la caisse et rejoins les *Petits Tonneaux*.

Je serre la main de Carlos, le physio, et m'introduis dans le bar. Après deux du mat', quand les rades du secteur ferment leur porte, les piafs de la nuit échouent là. Comme tu t'en doutes, la populace des *Petits Tonneaux* est constituée d'un tiers de pochtrons, un tiers de soiffards et pour le dernier tiers, de soûlards. Un bon spot pour se terminer. La Chouffe en pression n'est pas trop reuche et je kiffe leurs frites, par contre, ils se touchent sur les hot dogs – sept balles, les bâtards.

Toujours tremblant, je serre la pince de quelques compagnons de picole dont j'ignore le blase, accède au comptoir et commande un sky. Alex, un pilier de zinc, pianiste à la dégaine de gendre idéal – chemise bleue bien repassée et lunettes de mec sérieux – joue le guignol devant trois jeunes groupies. Il fait de grands gestes, parle fort pour rameuter un max de monde autour de lui :

— D'accord, Hitler n'aimait pas les juifs… Mais les juifs n'aimaient pas Hitler !

Son public, conquis, éclate de rire. Je m'entends bien avec ce type dont la place est sur une scène de one-man-show ou dans un HP mais là, je ne suis pas d'humeur à déconner, angoissé comme jamais. Qui peut bien vouloir me dessouder ? Qui était ce motard, putain de merde ?

J'essaye de me remémorer la scène – ce bikeur qui s'arrête devant moi et tente de me canarder –, mais aucun indice ne me vient en tête. Trop occupé à sauver mon derche, je n'ai pas eu la vivacité d'esprit pour penser à pêcher des infos. Quel genre de bécane conduisait le motard ? Avec quel type de gun a-t-il tenté de me plomber ? Je ne me souviens de rien. Dans ma caboche, je passe en revue mes ennemis potentiels : les petits youvs de Belleville, un auteur de polar que j'ai tarté une fois à la sortie d'un salon littéraire et mon ancien voisin de palier, le Portugais qui ne supportait pas le rap hardcore après 23 heures.

Bordel…

Ahmed – le serveur au chapeau de paille – me file mon sky, je pécho ma conso et m'écarte du comptoir. Maintenant, je vais devoir galérer trois plombes avant de retrouver Slim au *Kooka.* Cul sec, je m'enquille mon tord-boyaux, essaye de rappeler Azad pour lui raconter ma poisse. Que dalle, je tombe une fois de plus sur sa messagerie. Azad, Dina, Bac, Erik… Injoignables ! Ils sont tous en train de niquer ou quoi ? Fait chier !

Je largue mon verre sur une table du bar et pars me griller une Malbac. Dehors, Carlos embrouille deux chals, les prévient qu'ils vont dégager d'ici vite fait s'ils continuent de brailler comme des veaux. Carlos est un gars plutôt cool mais il ne plaisante pas. Il a la claque facile, avec sa main de bûcheron.

Quelqu'un me tapote l'épaule, je tourne les talons et, manque de bol, me retrouve face à Luc, le prof de théâtre de la rue des Goncourt. La cinquantaine, une tronche d'alcolo, les veuches ébouriffés et des fringues sales, Luc est un bon camarade de beuverie mais là, je ne me sens pas d'humeur à écouter ses bouffonneries.

— Salut Luc ! je lui serre mollement la pince, gavé d'avance.

— Salut L'Écrivain ! Alors, on t'voit plus ici…

— Ouais, c'est parc'qu…

— … Nan parc'que tu nous manques un peu. Tu t'souviens, quand on s'est retrouvés *Chez Carmen* raides déchirés et qu'Saber nous a dégagés ? Et qu'après, on est allés aux putes…

— Ouais Luc, mais là…

— … On s'était bien poilés, hein ? J'te jure ! Tu travailles sur un nouveau roman là ?

— Ben là…

— … J'me souviens, chez Carmen, quand tu t'es fait toucher l'cul par un travelo ! C'était drôle, mais drôle…

Ça y est, Luc est en roue libre. Cette nuit va être putain de longue.

Le faubourg du Temple reste animé toute la nuit, entre les boîtes comme la *Java* et le *Gibus*, et les *Petits Tonneaux* ouverts jusqu'à l'aube. Après cinq plombes du mat', ces repères de noctambules passent le relais au *Zorba* – trop proche de Belleville pour que je m'y aventure – et au *Kooka*, un bistroque pourave situé à deux pas du métro Goncourt. Tenu par deux Kabyles aussi avenants qu'une porte de zonzon, le *Kooka* accueille autant de charbonneurs venus absorber leur café avant le turbin que de fêtards encore bouillants. Postiché au comptoir entre un groupe de Polaks du BTP et un rebeu en costard, j'attends Slim. Le soce devrait débarquer d'une minute à l'autre.

Je me ronge le bout des doigts, archistressé, flippé par ce type qui a tenté de me flinguer. Un type que je connais, ou pas. Un type qui m'en voulait, ou un chtarbé pété du casque, ou alors un gadjo qui m'a confondu avec quelqu'un d'autre. Pour la première fois de ma putain de vie, j'ai vu un pushka braqué sur moi et la faucheuse écarter ses cuisses. Ma tremblote s'est à peine dissipée. La honte, se pisser dessus à ce point quand tu t'es autoproclamé « Mec de l'Underground ».

La sonnerie de mon portable me rappelle à la réalité. Baccari. Putain l'enfoiré, il se réveille maintenant !

— Ouais, Bac, putain !

— Ouais, Zarca ? Putain, désolé frère, je t'ai zappé ! J'avais coupé mon phonetel, on était avec des khanzettes ! Tu voulais nous rejoindre ou quoi ? J'ai vu tous tes appels en absence…

— Nan, nan, Bac, c'est pas ça ! Quand j'suis rentré tout à l'heure après ton combat, un raclo m'a tiré dessus !

— De quoi ?

— Poto, un man a essayé d'me fumer ! Il s'est arrêté en bécane, il a sorti un brelic et il m'a tiré dessus !

— T'es sérieux là ? Dans la rue, comme ça ?

— La vie d'mes morts, Bac !

— Mais toi, t'as rien ?

— Rien, j'ai pas pris une praline, j'ai tracé comme jamais ! J'te jure, j'balise là, j'pige rien à c'qui m'arrive !

— Mais t'es en embrouille avec des gars ou quoi ?

Slim franchit les portes du *Kooka*, j'abrège la conversation :

— Attends Bac, j'te rappelle plus tard !

— Ça roule Zarca ! Bélèk à toi !

Je raccroche, claque la main du srab :

— Salut Slim !

— Salut roya ! Alors, il t'arrive quoi ? Explique !

Je scanne la populace autour de nous, m'approche tout près de Slim et baisse d'un ton pour le garder dans la confidence :

— Slim, dis-moi franchement ! Les mecs de chez toi, ils veulent me buter ou quoi ?

— Hein ? le soce fronce les sourcils. Pourquoi tu dis ça ?

— Nan, j'te sonde, c'est tout ! Jeudi soir sur les Champs, ils m'ont cramé avec Kays et son crew, et un petit renoi de Ramponeau m'a menacé.

— Mais t'es ouf ! Te buter ? T'as cru qu'ils avaient qu'ça à foutre ou quoi ?

— Attends gros, je t'explique ! Tout à l'heure à porte d'Auber, un mec a essayé d'me méfu ! J'revenais du combat d'Bac, j'marchais dans la street et là, un type s'est arrêté en bécane. Il a sorti un calibre et il a essayé d'me plomber. Ma parole poto, j'me suis chié dessus !

Le frelot écarquille les yeux.

— Nan ?

— J'te jure, frère !

Slim se gratte la barbe, passe une main sur son crâne :

— Franchement roya, j'vois pas ! T'es sûr que l'mec, c'était pas juste un barge ? Ou, si ça s'trouve, il t'a pris pour quelqu'un d'autre…

Je termine mon kawa.

— Ouais, j'y pensais aussi ! T'as peut-être raison…

Je reçois une notification sur Facebook. Erik vient de m'envoyer un message, m'apprend qu'il a touzé toute la nuit avec deux Turques. Il me propose de passer chez lui, j'accepte sans hésiter.

J'ai vraiment besoin de me défoncer.

9

LE HAREM DE PORTE DORÉE

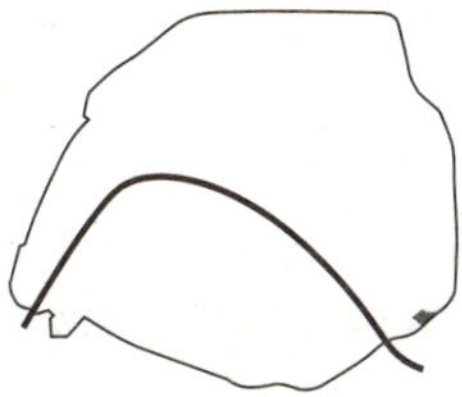

La porte Dorée ne paye pas de mine mais elle cache bien son jeu : violentes rixes et fouteurs de merde à la Foire du Trône, exhibos dans cette partie ouest du bois de Vincennes – quand j'étais gamin, un perv' m'a d'ailleurs montré son dard sur la pelouse de Reuilly –, BMC[1], tapins fanés et schlagues en phase terminale autour du stade Paul-Valéry et du boulevard Soult. Et puis en matière d'Underground, il y a aussi l'appart d'Erik, l'écrivain du fist et du barebacking.

Je m'engouffre chez le pote, une agréable odeur d'eucalyptus embaume le baisodrome. Un nouveau piercing au zen et des gros cernes tirés sous les yeux, le soce m'adresse son sourire de mec vidangé :

1. Camionnette utilisée par les prostituées.

— Ça va p'tit loup ?

— Tranquille !

Volontairement, je préfère la foutre en veilleuse sur cette histoire de motard et de chasse à l'homme dont j'ai été la cible. Sûr, j'aimerais en toucher deux mots à Erik mais je sais d'avance que je n'en aurai plus rien à battre dans quelques minutes et puis surtout, je ne veux pas brusquer le vieux. Tout de suite, il semble nager en plein kif, ce ne serait pas réglo de lui niquer son trip.

— T'es sûr, p'tit loup ? T'as l'air stressé…

— Ouais, j'ai tapé trop d'chnouf ! je le rassure. C'est pour ça, j'suis contracté de partout.

— Faut qu'tu fasses attention à toi !

Ou quand l'hosto se fout de la charité. Erik m'entraîne dans la cuisine, sort une seringue de son congèle :

— Tu vois, p'tit loup, avec ça, tu t'mets une injection dans la queue et tu deviens le roi de la soirée. C'est encore mieux qu'le Cialis.

— Ah ouais ?

— Ouais ! Avec ça, tu bandes très dur pendant des heures.

Zarma, comme dirait l'autre !

Erik remet la piquouze dans le glacier, nous quittons la cuisine et nous installons sur le canapé du salon, une pièce hermétique à la lumière du soleil, éclairée par des néons style « Red Light District » et des loupiotes multicolores dispatchées ici et là. L'ordi du poto diffuse un film de boule dans lequel un type positionné en doggy se fait fister par un barbu boosté aux stéroïdes. Erik change de vidéo, balance un porno hétéro. Sur la table à roulettes, une bouteille de Coca, des verres et un pochon contenant de la poudre blanchâtre. De la 4-mec[1], achetée sur Internet pour le taro imbattable de dix dollars le gramme.

— Tu en veux ? me propose Erik.

— Ouais, carrément !

— J'te la mets dans un verre ? Ou tu préfères en para ?

— Nan, nan, j'préfère la sniffer !

Il étale un peu de poudre sur la table, trace une ligne à l'aide d'une carte en carton et me file une paille vert fluo. Je n'attends pas pour m'envoyer la came dans le zen. Comparée à la cécé, la M-cat agresse le pif et la gorge mais l'avantage avec le snif, c'est que l'effet du produit monte vite au cerveau.

Erik saisit un flacon contenant un liquide transparent :

— Tu veux du GBL[2] avec ?

— Ah ouais, j'veux bien !

Il me sert un verre de Coca, ajoute du Liquid X et se prépare un parachute de méphédrone. Nous trinquons et ingurgitons notre cocktail. Sur l'écran d'ordi, une brune aux parc-chocs énormes bouffe un fion avant d'enfiler une paire de gants en latex.

Je dégaine mon teushi, une feuille, une garot, et me mets à rouler un pilon. Il est six plombes du matin et la rapta continue pour moi. Tout doucement, je commence à me détendre.

---

1. Lire note page 16.

2. Solvant qui, une fois absorbé, se transforme en GHB dans l'organisme.

— Et sinon, Erik, ça raconte quoi ?

— Ma vie est une partouze ininterrompue ! me confie le frelot. Je n'arrête pas d'baiser, et j'enchaîne les plans fist.

Depuis qu'Erik s'est séparé de son keum, son appart s'est transformé en harem, comme il aime si bien le répéter. Je savais que l'addiction au sexe existait mais j'ignorais qu'elle pouvait atteindre ce niveau. Quand il ne reçoit pas de clients adeptes du massage prostatique, le pote enchaîne les partenaires, parfois une dizaine dans la même journée. Des films de boule défilent en permanence sur son ordi, sa vie entière est consacrée au cul, en témoigne son impressionnante bibliographie constituée d'ouvrages sur le fist, les massages érotiques et le barebacking.

Mon stress finit par s'évaporer. Quelques heures auparavant, un gars tentait de me liquider et je n'en ai plus rien à branler. Comme quoi, j'avais vraiment besoin de me malmener les neurones. J'éclate le zdar, tire trois grosses tafs dessus et le largue dans le cendar, puis me ressers un mix de Coca-GHB-4-mec.

— C'est quoi, le film le plus extrême que t'aies vu ? me teste le poto, plongé dans sa matrice libidineuse.

— Une fois, dans une cabine de sex-shop, j'suis tombé sur une scène où un mec recouvert de merde se faisait enfoncer des doigts au fond de la gorge et n'arrêtait pas de dégueuler… Et toi ?

— Attends, je vais t'montrer…

Il pianote sur le clavier de son ordi, je découvre une scène hardcore : un type cagoulé défonce le cul d'un chien amorphe et sans doute drogué. En temps normal, j'aurais refusé de zieuter cette dégueulasserie mais sous méph', même un snuff me laisserait de marbre. La magie des cathinones.

— Ça, c'est n'importe quoi ! s'insurge le soce.

— Ouais, c'est clair !

Il coupe la vidéo, balance une touze de transsexuelles et s'empare du pilon. Je me détends, savoure cette défonce.

Il est 10 h 30 quand je sors de chez Erik. Il pleut des cordes sur Paname mais je m'en bats les reins. Je me suis enquillé ma dernière ligne de 4-mec vers 8 heures et l'effet du produit se dissipe peu à peu. Je retombe doucement sur terre et, deux de tense, me dirige vers la station de métro. Crevé, je rêve de me téléporter dans mon plumard.

Quelle nuit d'enfoiré !

Il flotte à mort dans la capitale et le zef souffle à balle. Je ferme mon zomblard, hisse ma capuche au-dessus de ma tête. Pioncer. J'ai juste envie de pioncer. Je ne dois pas m'endormir dans le tromé, ça me soûlerait de me réveiller au dépôt.

Je m'engouffre dans la bouche de métro, mon téléphone sonne. Dragan, le patron de Dina. Il me veut quoi, ce con ?

— Ouais, Dragan ?

— L'Écrivain ! Écoute, Dina est aux urgences là, elle a fait une overdose…

10

LARIBOISIÈRE, LA CASBAH DE LA FAUCHEUSE

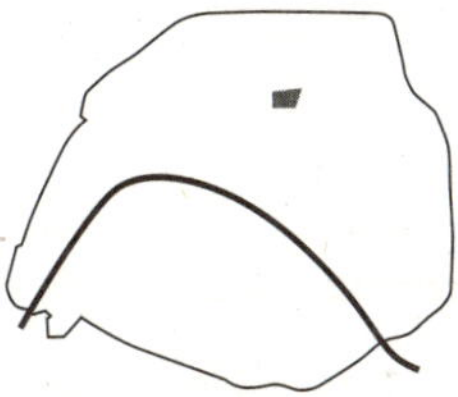

Larib' à cette heure-ci, c'est la cour des Miracles. Des charclos pioncent dans la salle d'attente, sur un brancard pour les plus chanceux. Les urgences bouillonnent, cet hosto ne pionce jamais, ne connaît pas de temps mort. Ces trois dernières heures, j'ai tout vu : un gueuche a débarqué, une seringue pétée dans le biceps, un clodo a déboulé la gueule en vrac, une zouz s'est fait casser les chicots. Des schmitts ont escorté un gars, planté de plusieurs coups de surin dans le bide, un toxico en rade de Subutex a cassé les couilles à l'hôtesse d'accueil et un guedin a pissé dans un couloir de l'hôpital en entonnant une chanson paillarde.

Bienvenue aux urgences de Larib', l'hosto le plus ghetto de Paname. Infirmières, toubibs et patients passent et repassent, courent parfois pendant que moi, je broie du black avec Azad. Dina vogue entre la vie et la mort – « dans un état critique », a dit un homme en blanc. Ma Dina. Ma pote, ma maîtresse, ma reusse, la meuf de ma life et si j'étais poète, j'ajouterais « ma muse ».

Je veux qu'elle vive.

Dina a été hospitalisée en urgence à huit heures, inconsciente. Apparemment, elle ne respirait plus dans le camtar du Samu mais son palpitant battait toujours. C'est Élise, sa pote, collègue au *Nasty Pussy* et voisine, qui l'a repêchée sur son plumard, agonisante, de la mousse blanche autour de la bouche. Et aussi, une piquouze dans le bras.

Putain !

J'attends depuis plus de quinze plombes. Dragan m'a appelé pour prendre des news de sa meilleure gagneuse, je lui ai promis de le tenir au courant dès que j'en saurai plus. J'ai aussi contacté Kays mais il ne pouvait pas se bouger, m'a méchamment raccroché à la gueule quand j'ai insisté pour qu'il ramène son derche.

H.S., je me suis endormi quatre ou cinq fois dans cette salle d'attente au parfum de médoc. Azad, assis à ma droite, se malaxe nerveusement les bras, silencieux. Quand il a appris la nouvelle, le soce m'a rejoint immédiatement, comme un frelot, un vrai, un mec sur qui je peux compter.

La tronche dans le pâté, je me lève et file aux chiottes, alors qu'un vieux pouilleux quitte les urgences en insultant tout le monde sur son passage, y compris deux keufs imperturbables. Larib', l'hosto des cramés. Je m'introduis dans les gogues, un renoi albinos se décharge la vessie dans une pissotière. Je me penche au-dessus d'un évier, ouvre le robinet et me rafraîchis la tronche. Si elle clamse, je clamse. Je ne supporterais pas la perte de Dina. Elle doit vivre. Tiens bon, frelonne !

J'attrape une serviette en papier et la glisse sous mon T-shirt, m'essuie le ventre et les aisselles. Je pue la transpi. La faute au stress, à la fatigue, à la tise et aux substances ingurgitées la nuit passée. Je me reluque dans la glace des WC : blanc comme un fion, des énormes poches sous les yeux, je ressemble à un macchabée. Hardcore ! Je jette l'essuie-mains trempé de sueur dans une poubelle, m'arrose à nouveau la tronche.

Dina… Retrouvée avec une seringue dans le bras. Une overdose d'héroïne, alors que la reusse ne consomme pas cette daube. Je ne sais pas, quelque chose me tracasse. Quelque chose ne tient pas la route. Sûr, Dina ne touche pas à la rabla, encore moins en intraveineuse. Elle n'est pas assez niquée de la tête pour se griller les artères. Si c'était le cas, je l'aurais cramée direct. D'accord, Dina est une tox, d'accord, elle tape masse de chnouf mais quand même, il y a un fossé net entre la cécé et le brown. Cette histoire ne colle pas.

L'albinos s'écarte de l'urinoir, se lave les pognes et s'éclipse des chiottes. Je m'empare de mon téléphone portable et compose le zéro six d'Élise. Celle-ci décroche à la quatrième intonation :

— Ouais L'Écrivain ? Alors ?

— On attend toujours.

— J'peux venir, tu sais…

— Nan, nan ! J'te jure Élise, reste chez toi, j'te tiens au jus dès que j'en sais plus ! Par contre, j'ai un truc à t'demander…

— Quoi ?

— Dina… Elle tourne à l'héro ?

— Nan, c'est sûr que nan ! C'est ça qu'est trop chelou !

— Ouais, c'est ce qui m'semblait…

— On fait quoi ? On prévient les flics ?

— C'est mort, jamais d'la vie !

— D'accord, comme tu veux !

— T'as remarqué des trucs sticmis chez Dina, ces derniers temps ?

— Ben, elle est un peu stressée. Kays lui casse les couilles et puis vu qu'elle attend un gosse, avec les hormones et tout…

— Ouais, donc rien d'spé ?

— Nan, franchement j'crois pas !

— Cimèr Elise, j'te rappelle plus tard !

Je sors des chiottes, rejoins Azad dans un couloir de l'hosto, en pleine converse avec un type en blouse blanche. La face dépitée, le poto prend les devants :

— Zarca ! Écoute, mon frère… Dina est morte…

Nan !

Mon téléphone s'échappe de ma main, ma tête part en hélico. Putain de bordel de merde ! La gerbe me monte à la gorge, je me sens vriller. Le monde s'écroule autour de moi.

La tronche plaquée contre l'enceinte de Lariboisière, je pète un boulon – pour ne pas dire que je chiale mes morts – pendant qu'Azad, quelques mètres plus loin, discute au téléphone, dépité.

Dina… Putain, Dina !

Je viens de perdre la meuf de ma vie. La meuf de ma vie. En vrai, je ne réalise pas encore bien ma zermi mais je sais que les prochains jours, les prochaines semaines, les prochains mois, s'annoncent trash. Je vais vivre un calvaire, en solo dans mon deuil. Personne ne l'aura kiffée comme je l'ai kiffée, même pas Kays. Des souvenirs jaillissent dans ma cafetière, des fous rires, des dingueries, des disputes à deux dolls, une glace au café écrasée dans la gueule de ma sista, moi lui tenant les tifs pendant qu'elle dégueule.

Azad raccroche son téléphone, vient poser sa main sur mon épaule :

— Zarca, mon frère, faut y aller ! On peut pas rester là dix ans !

— Je sais Azad !

Une daronne BCBG pleure au téléphone, raconte « qu'il a eu un accident de scooter et qu'ils ne savent pas pour le moment ».

Cet hosto de merde, c'est la casbah de la faucheuse.

11

LES SOUS-SOLS DE PANAME

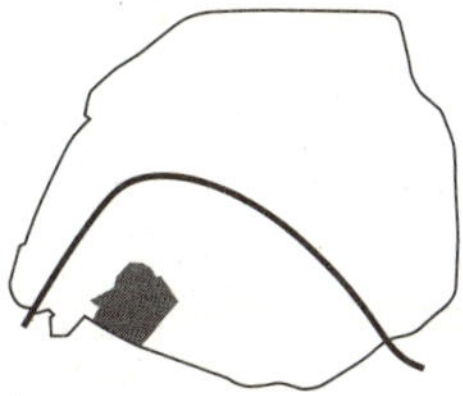

Nous n'étions pas nombreux à la crémation. Quinze à tout péter. Il y avait Dragan, Azad, quelques sistas de Dina, deux ou trois inconnus et basta. Kays manquait aux funérailles. Je ne lui jette pas la pierre, chacun gère son deuil comme il l'entend. Dans cette sale histoire, il a quand même perdu sa meuf et la gosse qu'elle portait. À cette heure-ci, lui aussi doit être au fond du gouffre, meskine. Depuis le décès de ma frangine, j'ai cherché à le joindre trois ou quatre fois mais il semble avoir disparu de la circulation.

Je ne graille plus, mes joues se sont creusées, mon regard s'est assombri. Je suis cheum. J'ai passé mes derniers jours enfermé au teum-teum, sans sortir, à me défoncer la gueule H24, et aussi à écrire. Écrire des conneries qui ne me ressemblent pas, teintées de love et de pleurnicheries. Je me suis même foutu à la poésie, ce qui signifie pour moi toucher le fond du fond.

Ce soir, j'ai décidé de me mettre un coup de savate au fion et de reprendre l'écriture de mon guide. Rien de pire que de tourner en rond dans 30 m^2, ressasser des idées noires et se lamenter comme une baltringue. Si je reste cloîtré avec l'Afghan, obligé, je vais finir par me tirer une douille dans la caisse. Mais ne possédant pas de gun, je risque de me dessouder de façon plus crade. Dina m'avait insufflé l'idée du guide et je dois mener à bien ce projet. Une façon pour moi de lui rendre hommage.

Slim m'accompagne au spot du 15e. La main droite posée sur le volant de sa Merco, le coude gauche sur le rebord de la fenêtre, le soce cherche à piger les motivations de ma session souterraine :

— Roya, pour faire quoi ? En plus, ça doit chlinguer en bas…

— Nan, nan, rien du tout ! je le rassure. J'descends dans les catacombes, pas dans les égouts.

Le poto hausse les épaules, me jette un regard suspect comme si j'allais plonger sous terre pour déterrer des macchabées. Je coince une Malbac entre mes lèvres et l'éclate. Nous déboulons sur le boulevard Brune. Les yeux rivés sur ses rétros, mon srab scanne les environs. Il paraît que les Boers veulent le péter.

— J'te dépose là ? me demande Slim au moment où nous débarquons à porte de Vanves.

— Yes gros, ici c'est nickel !

J'aperçois justement Komar, posté devant l'épicerie collée à la Société générale, une bibine à la main. Le cousin s'arrête sur le bas-côté de la route, je le tchècke et décampe de sa gova, mon sac suspendu à mon épaule droite. Il est minuit passé mais le trafic reste dense dans le secteur. La porte de Vanves ne roupille jamais. La caisse de Slim repart dans un crissement de pneu, je rejoins Komar devant l'épicerie :

— Ça va poto ?

— Putain l'Écrivain, t'as une de ces gueules ! J'ai appris pour ta pote, j'suis désolé mec…

Je connais Komar depuis quatre berges environ. Babtou toujours fringué en survêt – peut-être même dans les mariages –, boule à zède, trapu et sclému, ce type passe son temps au parc de la Villette, à affûter son galbe à coups de séances de street workout. Je l'ai rencontré dans une soirée organisée par le pote d'un pote de pote. On a sympathisé direct, la tise aidant autant que notre attrait commun pour l'Underground. Ce soir-là, j'avais promis à Komar de lui faire découvrir la face planquée du bois de Boubou s'il me guidait dans les souterrains de la capitale, l'une de ses spécialités parmi tant d'autres : stations de métro condamnées, baraques et hostos abandonnés, usines désaffectées et toits d'immeubles panamiens.

— Bon, tu t'sens prêt à explorer le 15-Sud ? Le poto prend la température.

— Nan, nan, j'suis venu jusqu'ici pour m'taper une pougnette !

— Et tu m'as parlé d'une histoire de guide, j'ai pas tout pigé ! C'est quoi l'délire ?

— Ben, c'est un guide de l'Underground que j'suis en train d'écrire, et j'voudrais consacrer une partie aux catas.

— Ah ouais, d'accord mais j'te préviens, j'peux pas tout t'raconter. Y a des trucs qui doivent rester sous terre, tu piges…

À moi de lui tirer les vers du pif.

Komar jette sa Kro dans une poubelle et enfile des gants de jardinage, sort un mousqueton et une corde de son sac à dos.

— Tu fous quoi avec c'matos ?

Le frère active ses radars au cas où des kisdés sillonneraient le périmètre et enroule la corde autour du mousqueton.

— Ben là, tu vois, j'fais un tire-plaque. J'vais glisser le mousqueton dans l'trou de la plaque de l'IGC et tirer sur la corde pour ouvrir le passage. Après, tu peux aussi remplacer le tire-plaque par une pioche ou une barre à mine mais c'est plus cramé et plus relou à transporter…

Je note ses explications sur mon phonetel.

— … Dès que j'ouvre la voie, on s'grouille pour descendre ! Ce serait con qu'les lardus nous tombent dessus…

— Clair !

Le frelot s'approche d'une plaque d'égout. Je fais le guet, jette ma Malbac et récupère ma lampe frontale dans mon sac. L'épicier posté devant son bouclard nous reluque, impassible, sans doute habitué à voir ce genre de scène. Komar introduit son mousqueton dans le trou, tire sur ses bras et ouvre la voie :

— Vas-y l'Écrivain, c'est maintenant !

Je me speede, attache ma lampe autour de mon crâne et emprunte l'échelle qui se présente à moi. Komar s'enfonce à son tour dans le conduit, referme la plaque derrière lui. Plongés dans l'obscurité, nous voilà partis pour une mission underground sans prétention. Mes chlops atteignent le sol, je m'écarte de l'échelle et allume ma lampe frontale, découvre une galerie technique bétonnée, décorée de câbles, de bouts de ferraille et de graffs. Les toiles d'araignées enguirlandent le corridor, canettes et mégots jonchent le parterre poussiéreux.

Komar actionne sa lampe torche et s'engage dans le tunnel. Je lui emboîte le pas, allume une garot et pécho une bière dans mon sac. Nous marchons une vingtaine de mètres puis le pote s'arrête. À ses pieds, une trappe métallique. Je décapsule la bibine, cette garce m'éjacule dans la tronche sans prévenir. Je m'essuie la bouche et me bascule la canette dans le goulot. Le soce se baisse pour ouvrir la trappe, nous quittons la galerie technique et nous engouffrons dans les profondeurs de Paname. Lesdites catacombes.

Il caille en dessous, un coup à choper la crève. J'enfile mon sweat et progresse dans ce dédale humide, la flotte jusqu'aux chevilles. Réflexe de Sapiens technologicus, je jette un coup d'œil sur mon phonetel. Pas de réseau dans le caveau. Ceux qui se paument dans ce labyrinthe doivent trouver le temps long. D'après Komar, on ne compte plus le nombre de spéléos en herbe repêchés par des cata – philes ou flics –, après s'être embourbés plus de quarante-huit plombes sous le pavage de Paname.

Sans vouloir faire des comparaisons flinguées, on se croirait dans la grotte de Lascaux, à ça près que les tags remplacent les dessins pariétaux. Sur les murs de calcaire, des writers isolés et des crews ont laissé des empreintes de leur passage : TNT, TER, SONIC, FC[1], PSY, HS… je rodave même un graff des TS91 – des petits lascars de Grigny.

— Komar, t'as pas une p'tite story croustillante à m'raconter sur les catacombes ? C'est pour alimenter mon guide.

— Si, carrément ! Tu connais l'histoire de Philibert Aspairt ?

— Nan !

— Ça s'passe pendant la Révolution. Aspairt, c'était un portier et il savait qu'en passant par les catas, il pouvait accéder à la cave des Chartreux, connue pour sa liqueur, la Chartreuse. Ce type s'était foutu en tête d'aller barber quelques bouteilles de gnôle. Alors une nuit, il s'est missionné dans les carrières mais meskine, il est jamais remonté à la surface. On a retrouvé son corps sous terre, onze piges plus tard. Du coup, y a deux hypothèses : ou l'mec s'est paumé et a fini par crever d'faim et d'soif, ou il est mort après avoir pris la plus grosse cuite de sa vie.

Fier de son anecdote, le soce tape la démarche et gonfle les pecs.

— Cool Komar ! Mais t'as pas une histoire plus récente à m'raconter, un truc bien sale ?

— Si ! La semaine dernière, deux gars sont descendus dans les catas, ici dans le 15-Sud. Pas d'bol

1. Pour « Frotte connard », groupe de graffeurs des catacombes.

pour eux, une dizaine de mecs leur sont tombés dessus, les ont bâillonnés, défroqués et leur ont défoncé l'cul…

— T'es sérieux ?

— Nan ! Mais si un cataphile t'raconte une histoire pareille, tu sauras que c'est du bluff, pour t'faire balise.

— T'es con, putain !

— Tiens, c'est là ! Le frelot m'entraîne dans une salle assez spacieuse et personnalisée. C'est chez moi ici !

La fameuse chambre « Topaze », aménagée par le pote lui-même. Des fragments de mosaïque recouvrent le sol sablonneux et des bougies sont dispersées un peu partout sur une mezzanine customisée. Deux crochets plantés aux extrémités de la salle me laissent penser qu'un hamac est prévu à cet emplacement. Au centre de la pièce pendouille un ours en peluche bien crasseux.

Je lâche mon sac dans un coin de la Topaze et roule un joint de Fruit Spirit – une Sativa ultraviolente – pendant que le coéquipier, son Zippo à la main, allume les bougies éparpillées sur la mezzanine. Je récupère des binouzes dans mon sac à dos, en file une à Komar et cale mes fesses sur un rocher terreux. Pressé de m'enfumer la tête, j'éclate le kamaz sans attendre. J'éteins ma lampe frontale, laisse les bougies faire le taf. La weed m'attaque déjà le crâne, je tire trois barres sur le splif et le passe à Komar, m'enquille quelques gorgées de bière.

Je repense à Dina.

Dina…

Sur ma vie, je vais écrire un putain de guide, un bouquin tellement fou que tout le monde se l'arrachera dans les rues de Paname, autant les gadjos du bitume que les bourges en quête de rébellion. Pour la promo, je tournerai des vidéos hardcore dans les milieux chelous et les quartiers ghettos de la capitale – bon, pas à Belleville où je suis toujours tricard –, j'organiserai des ventes sauvages au marché des voleurs, dans le tromé, au bois de Boubou et dans les squats de Stalingrad. Dans mon guide, je pourrai même larguer une croquette de shit entre deux pages.

La vessie en plomb, je me relève aussi vite que je me suis postiche.

— Tu restes là Komar ! J'vais pisser !

— Ben ouais, j'vais pas t'laisser en galère ici frérot. Quand t'auras fini, balance du remblai sur ta pisse et tant que t'y es, évite de jeter tes mégots de clopes et tes canettes par terre, tu fais ça depuis tout à l'heure et ça l'fait archi pas.

Je pose ma roteuse à mes pieds et rallume ma lampe frontale. Au flair, je me faufile dans un tunnel à peine plus large que ma carrure, me penche en avant tant le plafond est bas. Je descends un petit escalier et trace tout droit, de la flotte jusqu'aux genoux. Je commence vraiment à me les peler et j'ai l'impression que ma loupiote perd de sa vivacité. Si elle s'éteint, je n'aurai que mon briquet Bic pour m'éclairer. L'effet du bédo me provoque une légère parano, une adrène dont j'avoue être assez accro. Je me teste, m'aventure dans le labyrinthe, remonte un escalier haut de cinq marches et m'engouffre dans un couloir graffé de partout.

Je me planque dans un renfoncement, baisse mon survêt et sponsorise le coin. La zèbe me brutalise les neurones, je sens la transpi couler sur mon front et mon palpitant s'emballer. Dans ma tête, je passe en revue toutes les histoires un peu glauques que m'a racontées Komar sur les catas : les descentes de skins dans les années 90, les youvs des Yvelines venus dépouiller et marbrer les cataphiles, le tox retrouvé mort d'une overdose, le spéléologue en herbe suriné.

Je remonte mon survêt et poursuis ma route, remarque une salle au milieu de laquelle trône une immense sculpture en forme de teub. Les artistes fourmillent dans les catas. J'éclate une garot et à force de déambuler dans le dédale, finis par me rendre compte que je suis paumé. Je sais, je l'ai cherché. J'aurais dû descendre en solo plutôt que d'infliger ça à Komar. Le soce va devoir partir en expédition pour m'extirper de ce bourbier. Sérieux, si ma lampe s'éteint, je ne te raconte pas le merdier. Je termine ma clope, balance le mégot par terre.

— Komar ! je hurle, histoire de m'assurer que je l'ai bien dans le fion. Komar !

Pas de réponse.

Puis j'aperçois, au bout du couloir, une espèce de zombie.

Le type se paye une tronche de pouilleux : cadavérique, le teint blafard, des cheveux longs, ébouriffés et gras, le regard livide. Un pur mix entre Igor – le larbin de Frankenstein – et un crackeur de Château-Rouge. Je serre les poings au cas où mais vu nos niveaux de galbe respectifs, peu probable que le mec tente quoi que ce soit. Nan, je pars en parano, ce gars n'a aucune raison de vouloir me marbrer. J'attends que nous nous croisions pour l'accoster :

— Excuse-moi, frère ! J'suis perdu là, tu saurais où s'trouve la salle Topaze ? Tu connais peut-être mon pote, Komar…

— T'es sur la bonne voie ! me répond sèchement le raclo.

— Rien du tout ! une voix familière résonne derrière moi. Pourquoi tu racontes de la merde à mon pote, comme ça ?

Je me retourne, Komar fusille du regard le macchabée, qui baisse la tête et reprend sa route sans moufter. Fils de pute !

— Avoue, t'as fait exprès d'te paumer ! m'embrouille le soce, son sac sur le dos et le mien à la main.

— Archi pas ! T'as mon pilon ou quoi ?

— Nan, je l'ai méfu. D'ailleurs, il m'a fracasse, tu l'as chargé comme un porc.

— Et ma bière ? T'as récupéré ma bière ?

— Quelle bière ?

Zob ! Je récupère mon sac, laisse Komar me guider dans une galerie maculée de fresques à l'effigie du Coyote de Warner Bros, Bob l'éponge, Cartman, Dingo et Donald Duck. Du beau taf. Le pote s'arrête devant un passage étroit et haut d'à peine cinquante centimètres :

— Bon l'Écrivain, t'es chaud pour ramper ? On va passer par cette chatière, y a une sortie de l'autre côté.

Putain, une chatière !

— Elle est profonde, la chatière ?

— Ça va !

— Ça veut dire quoi « ça va » ? Elle est profonde ou pas ?

— Elle s'défend !

Le frelot s'agenouille, balance son sac dans le tunnel. Je dégaine une Kro et, pour me donner du courage, la tringle en trente secondes chrono. Komar s'allonge sur le ventre et disparaît dans la chatière.

Je balance ma canette à l'entrée du passage, me baisse, attache mon kes autour de ma cheville et à mon tour, m'introduis dans le boyau. Mon cœur se remet à mitrailler. Devant moi, je ne vois que les savates du pote. Je tire sur mes bras, rampe comme un bidasse et pour m'occuper l'esprit, me remémore la scène de *Piège de cristal,* quand McClane galère dans le conduit d'aération. Je dois penser à autre chose qu'à cette situation merdique. Ouais, penser à autre chose. Penser à autre chose. Ne pas flipper, ne pas m'imaginer prisonnier des entrailles de Paname. Un affaissement de terrain suffirait à nous emmurer, nous coincer dans ce tuyau. L'idée horrible de se faire enterrer vivant surgit dans ma cafetière. Je vrille, engrainé par la sensation désagréable de suffoquer.

— Ça va poto ? me demande Komar.

— Tranquille !

— On arrive là !

Cette nouvelle me rebooste le moral, j'aperçois le bout de la chatière par-dessus la tête de Komar. Cool putain ! Mes bras commencent à fatiguer, il faudrait que je songe à rejoindre Komar dans ses sessions de street workout. Et que j'arrête de fumer de la grosse skunk quand je pars en mission underground.

Enfin, le pote s'exfiltre de ce trou à rat. J'ai l'impression de renaître, sors de la chatière et m'offre un grand bol d'air. Je me lève, crasseux des pattes jusqu'à la tête. Autour de moi, une décharge bondée d'ordures, de teilles, de plastoc et de couches Pampers. Comme si des hommes-taupes créchaient ici.

Devant nous, une longue échelle mène à une bouche de l'IGC.

— On est où ? je questionne le frangin.

— Sous la rue Eugène-Varlin, à Malakoff ! On traîne encore un peu ou on remonte direct ?

— Perso, j'suis plutôt chaud pour remonter !

En fin de compte, je ne consacrerai pas de chapitre aux catas dans mon guide. Éventuellement un encadré, mais pas plus. Les souterrains, c'est cool mais trop tigent pour figurer dans mon ouvrage.

Franchement, je préfère le béton au calcaire. L'Underground, c'est le macadam.

12

LES GALÉRIENS DE LA NATION

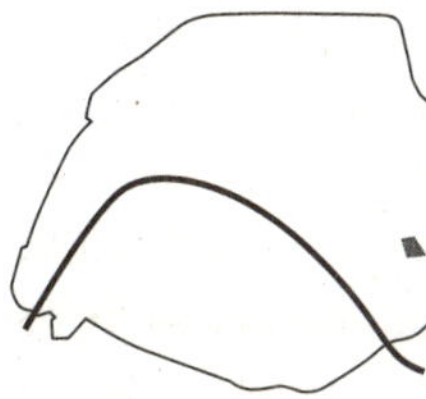

Il est deux du mat', j'ai tout juste eu le temps d'acheter mes clopes au *Royal Nation* avant sa fermeture. Calé au comptoir du *Dalou* – un rade situé à l'intersection de la place de la Nation et de l'avenue du Trône –, j'enchaîne les pastagas en compagnie d'Azad. Réfugié afghan, le soce a déboulé dans la capitale à la fin des années 90 pour esquiver le régime des barbouzes. Issu de la communauté hazara, il se traîne une vraie gueule d'asiate avec ses calots bridés et ses tifs noirs et fins. D'ailleurs, les gens le prennent souvent pour un Chinois.

Torché et en roue libre, Azad m'explique comment tirer à la kalash quand le canon de l'arme est dévié. Il a certes laissé la guerre derrière son exil, n'empêche, le poto adore parler de fusils et de brelics. Lui-même le dit : « Les Kalashnikov, pour nous les Afghans, c'est un peu comme vous et le camembert. » Je le laisse parler et vide mon pastaga, perdu dans mes pensées. Dina me manque à en crever et son absence me parasite.

Derrière nous, deux rebeus assis à une table se partagent une teille de rhum. Avec leurs gueules de bandits – mal rasés, l'un porte des Ray-Ban sur les yeux, l'autre se coltine un gnon sur une pommette –, on dirait que ces types préparent le braquo du siècle. Ils ne cessent de jeter des regards furtifs autour d'eux, tchatchent discrètement et ont des gestes brusques, typiques des renifleurs.

Postée au bout du zinc, une vieille soûlarde rachitique tiffée d'un béret vert kaki embrouille un serveur impassible :

— Tu m'fais vraiment chier Thomas ! Vraiment chier ! T'es qu'un con, t'entends ?

Le *Dalou* fait partie de ces établissements où affluent insomniaques, charbonneurs de la nuit, taxis by night et autres noctambules de Paname Est. Étant donné sa fermeture tardive, le troquet se coltine des casse-burnes en tout genre, avinés et foncedés en recherche de claques. Entre 2007 et 2009, je pionçais à porte de Vincennes et venais souvent écrire au *Dalou*, la nuit. J'ai dû assister à quatre ou cinq bastons dont une s'est terminée avec deux nez fracturés et trois types plaqués à terre par une escouade de bakeux en furie.

— Tu t'en fous de c'que j'raconte ! m'engueule Azad entre deux gorgées de mousse.

— Nan, nan, vas-y !

— J'disais quoi ? J'sais même plus…

Mon portable se met à sonner. Bibo. Pas trop tôt.

— Ouais Bibo ? C'est bon, j'peux te rejoindre ?

— T'as du shit Zarca ?

— Ouais mais pas pour toi !

— T'es toujours au *Dalou* ?

— Ouais et toi, t'es où ?

— Devant l'Casino, avec les potes.

— OK, j'arrive !

Je raccroche, attends qu'Azad termine son demi pour réclamer l'addition au loufiat.

Je compte sur Bibo pour me faire découvrir une face inconnue de la Nation. Quand j'habitais dans le secteur, il passait ses aprèms dans une pizzeria de l'avenue Philippe-Auguste et au *Canon de la Nation*, le PMU où nous nous sommes rencontrés. Noctambules, on venait souvent s'achever au *Dalou*. Bibo vivait dans la rue de Lagny, à deux pas de chez moi, et connaissait tous les commerçants du district. Alcolo génétique, Bibo ne taffait pas et croulait sous les dettes, larguait toute sa thune dans la boisson et de temps en temps dans un tapin du cours de Vincennes. Je l'ai vu s'enfoncer à grande vitesse dans la zermi jusqu'à finir charclo, ici

Le serveur du *Dalou* me ramène la note. Je raque, propose à l'enfoiré d'Afghan de se joindre à Bibo et sa clique de galériens.

— C'est qui Bibo ? me demande Azad. C'est ton ami clochard ?

— Ouais !

— Nan, j'en ai rien à foutre de ton clochard ! J'vais rentrer à la Chapelle mais d'abord, j'vais me reprendre un verre.

— Comme tu veux, moi j'trace !

Nation n'est pas le spot le plus peuplé de Paname mais en cette nuit d'été, les joueurs de pétanque ont investi la place malgré l'heure tardive. Je retrouve Bibo – équipé d'un sac à dos militaire –, avec « La Grosse » et « Queue-de-cheval » sur le banc situé devant la bouche de métro, au niveau du Casino.

Je salue les deux mecs. Comme d'hab, La Grosse refuse de me serrer la pogne. Je ne connais pas son vrai blase, va piger pourquoi les cloches lui donnent ce surnom vu qu'elle semble tout droit sortie d'un camp de concentration. Cette gonzesse au crâne rasé porte quinze couches de sapes sur elle et d'après Bibo, pue la mort volontairement pour démotiver les pointeurs potentiels. L'année dernière, trois psychos lui sont tombés dessus, l'ont tabassée et tripotée dans un jardin d'enfants. La pauvre a fini à l'hosto, la gueule en biais et le bras gauche pété en quatre. Depuis son agression, La Grosse ne lâche plus mon pote d'une semelle mais cette protection a un prix : sa chatte.

— T'es un salaud, Zarca ! l'aminche me clashe d'entrée de jeu, une canette de Kœnigsbeer à la main. Tu m'as même pas donné d'livre !

— T'inquiète mon pote ! je le rassure. Je t'en apporterai un la prochaine fois, sans faute.

Bibo se tourne vers Queue-de-cheval, son index pointé sur moi :

— Ce mec-là, c'est un écrivain ! Il a écrit un livre sur le bois de Boulogne et sur la Thaïlande, il est même passé à la télé et tout. Et là, il veut écrire un guide, alors il va nous suivre pour voir comment ça s'passe dans la rue.

— OK ! acquiesce le zig en vidant des fins de clopes dans une feuille à rouler.

Queue-de-cheval s'appelle Luc, je te laisse deviner pourquoi les clodos l'ont rebaptisé comme ça. Après deux piges passées dans la rue, il crèche dans une chambre de bonne, boulevard Voltaire. Un mec plutôt sympa, fringué d'un blouson en cuir noir paré d'un énorme « A » rouge au niveau du dos.

Machinalement, je sors mon téléphone et parcours mes tofs pour retrouver celle où Dina, la bouche en cœur, prend une pose de starlette, les yeux froncés et une main dans les tifs. Elle est belle, Dina. Elle était.

— T'as du shit ? me relance Bibo.

— Je t'ai dit « ouais » ! Par contre je roule pas ici, pas envie d'me faire péter ma croquette par les keufs.

— Et ben alors, on a qu'à s'poser au square.

Le square en question se trouve en plein centre de la place, là où trône Le Triomphe de la République, une immense statue en bronze. Ce n'est pas l'endroit le plus scred de la Nation mais bon, mieux vaut cramer des splifs ici qu'au bord de la route. Bibo se lève, La Grosse l'imite.

— Moi j'vous suis pas ! nous prévient Queue-de-cheval. J'rejoins des potes aux Vignoles.

— Tant pis pour toi ! le tacle Bibo. Tu fumeras pas d'shit avec nous.

— Aux Vignoles aussi, ils ont du shit.

— Comme tu veux !

Queue-de-cheval se lève à son tour, nous salue et se barre de son côté. Bibo, La Grosse et moi traçons en direction du square central. Le pote me tend sa bière, je chope la canette à l'odeur de tabac froid et me bascule trois gorgées dans le goulot. Un pouilleux façon punk à clebs – ganache trouée de partout, casquette garnie de rivets et sapes crades à la couleur vert chiasse d'oie – occupé à recharger son téléphone à la station Autolib', adresse à Bibo un signe de la main :

— Hey, vous faites quoi ?

— On va s'fumer un joint au square, t'as qu'à nous rejoindre quand t'auras fini.

Une chose à indiquer dans mon guide : on peut recharger les phonetels dans les stations Autolib'.

Nous taillons au square.

Bibo tchatche avec un dénommé Van Gogh, un clodo obèse à l'oreille droite déchiquetée, pendant que La Grosse se soulage derrière nous, planquée dans les buissons. Moi, je roule mon pilon sans jacter. Pas que j'ai perdu la parole mais je ne suis plus très bavard depuis la mort de ma frelonne.

— J'ai passé la journée à appeler le 115 ! s'énerve Van Gogh. Tout ça pour rien ! Ils répondent jamais, ces pédés ! Et les urgences veulent pas d'moi qu'ils ont dit. T'façon, y en a que pour les Polaks ! Il fait pas bon d'être gaulois, moi j'te l'dis Bibo. Au Refuge c'est pareil, ils prennent que des étrangers. Et moi j'fais quoi en attendant ? Hein ? Ben j'vais t'dire, j'fais quoi ! J'attends l'hiver pour descendre sur le quai du RER. Tu trouves ça normal, toi ?

— Ouais ! approuve Bibo.

— Voilà, on est d'accord, c'est pas normal ! Par contre, pour c'qui est d'aider les Polaks, là ils sont fortiches ! J'aurais mieux fait d'être polak moi aussi, j'te l'dis. Hein Bibo ?

— Ouais !

— Tu veux que j'te dise ? Le 115, c'est des bidons ! Comme ils sont juifs, ils dépannent tout l'monde, sauf les mecs comme nous. Faut être polak pour dormir correctement, ou bien noir, ou arabe. Des racistes, j'te dis !

La Grosse réapparaît et se pose sur le banc, à côté de Van Gogh. J'allume mon zdar, tire trois tafs et le fais tourner à Bibo. Au pied de la statue en bronze, un groupe de jeunes mecs aux dégaines de lycéens partagent une bouteille. L'un d'eux tient une gratte entre ses bras, je me dis que si ce branlo se met à jouer, il risque d'attirer l'attention des condés.

— Hey, y a les Moldaves là ! s'excite Bibo, les bras levés pour interpeller deux caucasiens au crâne chauve – l'un musclé et grand, l'autre plus sec et fardé d'une barbichette – au moment où rapplique le kepon de tout à l'heure, celui qui rechargeait son bigo à la station Autolib'.

Je récupère le splif, le ponce jusqu'au toncar. Les deux Moldaves viennent nous serrer la pince, La Grosse préfère les rembarrer. Le punk aussi nous salue, se penche pour embrasser la meuf de Bibo :

— Ça va La Grosse ?

— Nan ! J'ai mal au ventre…

Il s'assied à côté d'elle, lui caresse le dos et la cuisse, bouillant comme un taulard longue durée. Bibo entame la discusse avec les deux babtous :

— Bon alors, les Moldaves ? Ça raconte quoi ?

— Nous aller Chisinau demain !

Bibo me briefe, m'explique que Nation est le lieu de rassemblement de la communauté moldave de Paname. Tous les week-ends, les camtars immatriculés en Moldavie garés autour de la place effectuent la navette entre Paris et Chisinau, embarquent des passagers pour la modique somme de cent euros, moins reuche qu'un billet d'avion. Je note ces infos sur mon portable.

— Vous allez faire quoi là-bas ? les relance Bibo.

— Voir famille…

Soudain, va piger pourquoi, Van Gogh pète une durite. Il se lève, s'approche du golgoth et lui empoigne le cou :

— Pédé ! Pédé !

Le Moldave ne réagit pas, son soce et Bibo se précipitent sur le charclo pour lui faire lâcher prise :

— Arrête Van Gogh, il t'a rien fait !

Ça risque de partir en cacahuètes, cette histoire ! Le punk se lève à son tour et vient se coller contre moi. D'un coup, la golden part. Le poing de Van Gogh percute mollement la tronche du Moldave, qui réplique par trois coups de parpaing. La Grosse se met à hurler, Van Gogh s'écroule de tout son poids, K.O., la gueule démontée. Putain, ça craint ! Les deux Moldaves s'éclipsent du périmètre, je remarque la main du punk dans une fouille de mon blouson. Ce bâtard profite de la situation pour me faire les poches. L'enculé !

Je lui tarte la tronche et soûlé, m'arrache aussi du square.

13

BEZBAR – LA PELCHA

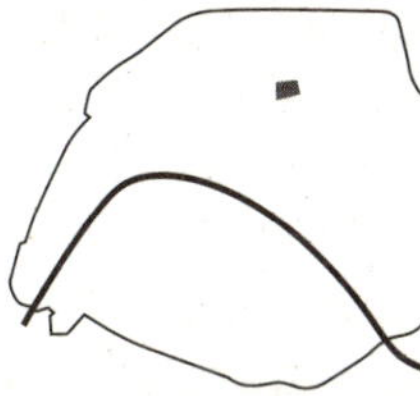

Cinq heures et demie du mat'. J'ai passé ma nuit à la casbah, à fumer et à pillave des fins de bouteilles. Azad n'est pas rentré au teum-teum, je crois qu'il devait voir une meuf à GDL[1]. Seul, je me torture, mate des photos de Dina sur l'ordi. Celle où elle danse à *La Machine* – l'ancienne *Loco* –, celle où elle fait la conne au *Memphis*, celle où elle galoche Élise, celle où elle me fait un doigt.

Trois semaines qu'elle a calenché et je ne le digérerai jamais. Je ne suis pas du style à me laisser abattre mais là, je plonge quand même dans un sale down, rongé par des idées noires.

Je récupère une Kro dans le frigo, la décapsule avec mon briquet.

Je dois remonter la pente, éviter de m'embourber dans la came, éviter de pourrir. Dina détestait les

1. Gare de l'Est.

baltringues, elle n'aurait pas kiffé me voir dans cet état, la gueule dépitée, les joues creusées, les yeux cernés.

Je tète la bibine, récupère mon joint dans le cendar. Petit à petit, mon guide de l'Underground se dessine dans ma caboche. Chaque quartier, chaque secteur de Paname a sa spécialité, son milieu, son biz. Je prévois de consacrer un chapitre par tiéquar. Par exemple, Chapitre 1 : Pigalle, ses bars à putes, ses clubs et ses sex-shops. Dommage que Dina ne soit plus là pour m'épauler mais je pourrai toujours sonder Baccari, Dragan, des raclis du *Nasty*, le proprio du *Sexodrome.* Chapitre 2 : les biffins, Moldaves et clodos de la Nation. Chapitre 3 : les toxs de Paris Nord. Chapitre 4 : les fafs de la Rive gauche. À ce propos, j'ai rencard demain avec mon pote Seb, et Azad m'a promis qu'il m'emmènerait bientôt au square Villemin. Chapitre 5 : « Little Kaboul ».

J'abandonne ma binouze sur la table basse, attrape et enfile mon blouson. J'ai besoin de m'aérer un peu, marcher dans les rues du 18e, boire un kawa ou un thé. Voir de la populace. Je m'arrache de l'appart et descends l'escalier de l'immeuble, salue mes voisins du quatrième – une famille de pakpak installée depuis peu dans le créchoir. J'arrive au rez-de-chaussée, ramasse une seringue et la jette dans la corbeille du hall. Avec ces conneries, un mioche va finir par se piquer et choper le virus.

Je sors de l'immeuble au moment où passent les éboueurs, rodave une gueule familière plantée comme un piquet sur le trottoir d'en face. Je mets un petit temps avant de reconnaître ce type, le camé aux dreadlocks qui avait tenté de me dépouiller dans une cage d'escalier de porte de la Chapelle, la nuit où j'ai déambulé à crackland avec le frère de Baccari. Le tox me reluque sans bouger. Je me demande s'il se souvient de moi. Ça m'étonnerait, les schlagues ont une mémoire de poiscaille.

Je trace ma route.

« Paris Bezbar, tu connais le boulevard. »

J'arrive à la boulangerie de la rue de Chartres et commande un thé à la menthe, le genre de breuvage à te coller un diabète après deux gorgées ingurgitées. Sa race comment les rabzouzs kiffent trop le sucre !

Le marché « à un euro » ouvre dans une heure mais c'est déjà le zbeul sous le métro aérien : camions garés à cheval sur les trottoirs, cartons emportés par le vent et palettes lâchées sur le boulevard. Bezbar est un boxon à ciel ouvert et encore, je ne te parle pas du marché des voleurs, cet immense foutoir où se concentrent tireurs et chouraveurs en tout genre, biffins, manouches et enfants de la misère, brocanteurs spécialisés dans les slibards, les calcifs et les renifleuses. Tu pourras y dégoter un nouveau téléphone du côté de chez Tati, un ordi, des sapes, des produits électroménagers et même des yaourts presque pas périmés. Tout se vend, tout s'achète à Carotland. Le long du boulevard de la Chapelle et à la sortie du métro, tu croiseras aussi des vendeurs de Malborobled. À quatre euros cinquante le paquet, je te conseille de faire l'appoint avant de lâcher ta caillasse et de vérifier la provenance des clopes si tu ne veux pas fumer du foin avarié. Si les garots viennent d'Europe de l'Est, tu vas te fusiller la gorge.

Obligé, je détaillerai le district « Bezbar – la Pelcha » dans mon guide.

Je récupère mon thé sur le comptoir, file mes pépètes au taulier et m'installe dehors, à une table. Un grand roux sapé en djellaba entre dans la boulangerie. Je le croise souvent ici mais ce type ne m'a jamais calculé, je suis sans doute trop kefeh pour lui, trop cramé avec ma trogne de défoncé, mes cernes et mes yeux de gyrophare. J'allume une cigarette et trempe mes lèvres dans mon thé, aperçois de nouveau le dreadeux, posté devant la boucherie muslim. Nos regards se croisent, le tox tourne la tête comme si de rien n'était. Putain, ma parole, cet enculé me piste ! Il me veut quoi, bordel ? Je n'aime pas ça.

Je délaisse mon thé, me lève et me taille de la boulangerie, longe l'agence de voyage « Air Deblè », Step et Ego[1] et le hammam désaffecté. Je vais tout de suite voir si ce tarba me filoche. Je traverse le pont de la Pelcha, jette un coup d'œil derrière moi pour jauger la situation : putain ouais, cet enfoiré me traque.

— Zarca d'mes couilles, regarde devant toi quand tu marches !

Azad. J'ai failli lui rentrer dans le lard.

Le rastaman passe devant nous, la tête baissée en mode soum-soum. Le bâtard ! Vénère, je serre les poings et l'incendie :

— C'est ça, fils de pute, arrache-toi ! Tu crois que j't'ai pas grillé, à m'pister comme une salope ?

Trop chelou, cette histoire… Il me voulait quoi, putain ?

---

1. Association de soutien aux toxicomanes.

14

RIVE GAUCHE :
LA FAF CONNEXION

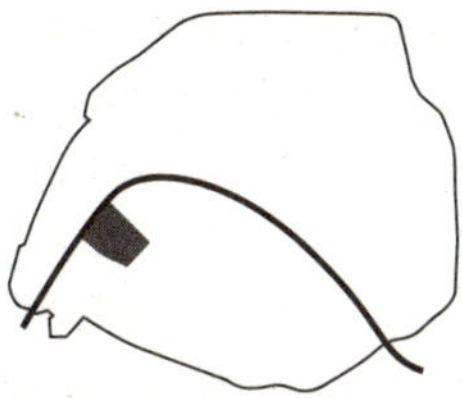

Boulevard de Grenelle. Je passe devant le London Styl' – la boutique préférée de Seb –, tourne dans la rue Violet et dans la rue Juge puis déboule aux portes de *L'Éventail*[1].

Postés à l'entrée du rade, deux mastards blonds et tiffés d'une raie sur le côté trinquent avec Logan « le Duce », l'ancien proprio du *Crabe-Tambour*[2]. Grand et stocma, un zomblard d'aviateur sur les épaules, Logan ressemble à un bonehead, avec son caillou rasé et ses tatouages zinas. Ce type vit à Lyon mais rapplique souvent dans la capitale, je l'ai croisé deux ou trois fois dans la rue des Canettes, au *Chai Antoine.* Seb le connaît un peu, il paraît que ce gars

1. Le nom du bar a été modifié.
2. Bar nationaliste fermé en 2015 par décision administrative.

envoie des patates de forain, couche ses ennemis d'une tarte dans la gueule avant de leur faire danser la Macarena.

Je m'introduis à *L'Éventail* et scanne le bar décoré des drapeaux français et ritals, d'une écharpe des « Boulogne Boys » suspendue au-dessus du comptoir et d'une énorme affiche des *Tontons flingueurs.* Le frelot, installé seul à une table de quatre, une roteuse et un paquet de Gauloises sous le nez, lève un bras pour attirer mon attention. Je radine à sa table, lui serre la main et me postiche en face de lui.

— Ça va Seb ?

— Ouais et toi ?

— Tranquille !

Seb, j'ai grandi avec lui dans le Val-de-Marne. C'était un camarade de classe, un pote, et nous sommes restés en contact après son déménagement dans les Yvelines, à la fin du collège. Il n'est pas le moins galbé de mes soces et pour cause, son truc à lui, c'est la muscu. Il pousse de la fonte tous les matins dans une salle de la Motte-Picquet et carbure à des produits style amphets, Dianabol et autres stéroïdes. Par moments, je lui dégote des cachets de Cialis venus tout droit de chez Erik. Le Cialis, boostant sexuel, permet à Seb de choper la trique et de compenser l'impuissance provoquée par la consommation d'anabolisants. Le paradoxe des mecs dopés et des culturistes : leur quête de virilité engendre la mollesse de leur chibre. Avoue, ça la fout mal.

Des tatouages apaches étalés sur la carcasse, le crâne rasé, un blouson Barbour sur le dos, un blue-jean sur les beujes et toujours les mêmes New Balance aux pieds, Seb se traîne une allure de neuski. Pour te déballer le pedigree du gus : presque deux piges de carpla pour violences aggravées, violence en réunion et possession illégale d'armes à feu, le frelot est aussi connu dans l'Underground pour avoir démonté deux redskins du *Saint-Sauveur*[1] avant de – accroche-toi – leur avoir pissé dessus. Cette anecdote me paraît un peu mytho mais la rumeur prospère. Seb aurait aussi fracassé un redskin à la *Cantada,* un bar rock gothique fréquenté aussi bien par les fafs que par les antifas.

— Bon alors Seb, du coup on fait quoi ?

— D'abord, briefe-moi sur ton histoire de guide ! J'veux bien qu'tu parles de moi, de nous, mais j'ai pas envie d'retrouver notre vie étalée dans un bouquin. Tu veux écrire quoi, dans ton guide ?

— Franchement Seb, j'ai rien de précis en tête. Peut-être expliquer un peu les codes de la faf connexion, raconter un peu l'milieu, des anecdotes, les spots où vous traînez sur Paname…

— OK, je vois l'truc ! Tu vas venir avec moi, j'ai une course à faire, après on fera un saut au *Pierrot* et on ira bouffer une crêpe.

Une baraque d'une quarantaine d'années fringuée d'un blouson en cuir, blond à la coupe en brosse, nous interrompt et sans me calculer, adresse un salut romain au frangin avant de rejoindre le comptoir de *L'Éventail.*

— C'est qui lui ? je questionne le poto.

1. Bar d'antifas à Ménilmontant.

— Lui, c'est Franck « la matraque ». Il est champion d'baffe lutécienne, c'est un ancien d'Troisième Voie.

Troisième Voie, un groupuscule dissous après l'affaire Méric et chapeauté par Serge Ayoub aka « Batskin » dans les années 80, le faf à la batte de base-ball. Ce skin tenait un rade associatif dans la rue de Javel, *Le Local*, où se réunissaient activistes néonazis et proches des Hells Angels.

— Bon Seb, du coup on va où ?

— Tu vas voir…

Loik, le « Babtou solide », assis à la table derrière mon soce, m'envoie un hochement de tête que je lui rends aussitôt. Entouré de deux gentlemen fascistes, cet ancien commando des forces spéciales la joue discret avec son polo Fred Perry et sa raie sur le côté. Je connais ce type non pas via Seb, mais par Romain « Marabout », un féru de littérature impliqué dans le mouvement Hussard.

Seb termine sa bibine, se lève et part raquer l'addition.

Nous taillons, j'ignore où et pour quoi foutre.

Les enceintes crachent *Racailles* de Kery James. Le mec au volant de la gova se fait appeler « le Breton ». Un crâne d'œuf comme Seb, une tronche de tueur, des oreilles décollées et sur la nuque, une grosse tache rouge et poilue qu'il aurait mieux fait de planquer tellement elle est dégueulasse. À côté de lui, Orsu, un Corse que Seb m'a déjà présenté, une fois au *Pierrot.* Il ne manque plus qu'un Basque pour compléter cette photo de famille. Orsu, lui, traine plutôt une belle ganache. Une raie brune, des traits fins, un style élégant. Bien sapé, il porte des gants en cuir et une chemise en lin. Un gudard cultivé, passionné de littérature, de musique, de cinéma, d'antiquités et d'armes à feu.

Seb demande au Breton de couper le rap. Ce dernier refuse, rétorque qu'il aime bien.

— Mais alors, le GUD, c'est identitaire? je me renseigne.

Orsu me reluque dans le rétro.

— Nan, pas vraiment!

— Genre, vous êtes pas à fond « vive la France », racistes et tout?

Un léger rictus se dessine au coin de son bec :

— Faut pas écouter tout c'que racontent les journalopes mon pote, c'est limite insultant. Je vais pas t'mentir, on connaît des vrais racistes racialistes mais nous, on n'est pas des Mongols 88. On a des potes noirs, guadeloupéens, arabes et parmi les anciens présidents du GUD, y a un Viet et un feuj. Pas sioniste, j'précise quand même.

Le Corse éclate une Gauloise, je note que les fefas fument tous cette marque de clopes.

— C'est quoi votre délire alors, si c'est pas la fierté raciale?

— Nous, notre truc, c'qui nous réunit avant tout, c'est la violence. On trouve ça esthétique.

Je me tourne vers Seb :

— T'es du GUD, toi?

Le poto hausse les épaules :

— Nan, pas qu'ça à foutre!

Le Breton tourne dans la rue de Lourmel puis dans l'avenue Émile-Zola, semble chercher une place où se garer.

— Du coup, vous voulez pas m'dire où on va ?

— On va t'présenter des nationalistes d'un autre genre ! m'annonce Orsu. C'est une surprise...

— Une belle surprise ! confirme Seb en grillant une clope.

Le Breton se range derrière un camtar, nous caltons de la tire et remontons l'avenue. J'allume une Malbac, la ponce comme un sapeur. Nous nous arrêtons au pied d'un immeuble en briques rouges, Orsu pianote sur les touches du Digicode. Je jette ma tige dans le caniveau, nous pénétrons dans la propriété et empruntons l'escalier A. Nous grimpons au premier étage, Seb se racle la gorge comme un cancéreux avant de larguer une grosse huître dans le couloir, sans respect. Le Breton sonne à la porte d'un appartement, je m'interroge sur ce que je vais trouver derrière. Une clique de néonazis en train de saigner un communiste ? Une touze entre Aryens ?

Un type ouvre la lourde, Seb lui assène un énorme steak dans la bouche.

Je ne pige rien à la situation mais entre quand même dans l'appart. Orsu referme la porte derrière nous. Par terre, le mec nage dans son sang, la gueule explosée par le coup de parpaing du poto. Les battements de mon palpitant s'accélèrent. Je n'ai rien à foutre ici, je ne suis pas venu pour participer à une expédition punitive, putain ! Assis sur un canapé, deux gars nous reluquent sans moufter, tétanisés. L'un, grand et sec pourvu d'une barbichette, porte un T-shirt Kontre Kulture. L'autre, plus stoc, les veuches brossés en arrière, se traîne une ganache de facho et une mâchoire carrée.

Le type étalé par terre tente de se relever, le Breton le rendort d'un penalty dans la mâchoire. Hardcore ! Orsu éclate de rire. Il semble presque peace au premier abord mais en vrai le Corse est le plus foolek de la clique, un vicieux sa mère. Je ne bouge pas d'un poil, ne bronche pas, ne souhaite pas paraître fragile devant les assoces de Seb. Ces mecs glorifient la puissance, méprisent la faiblesse.

Qu'est-ce que je fous là, putain ?

— Tu vois Zarca, ces petites putes ! me fait Seb en désignant les deux raclos. Ça s'dit français mais c'est plus proche du cafard que du coq.

Orsu vient se planter devant les mecs.

— Bon, alors les pédales ! Ça vous en bouche un coin d'nous voir ici, hein ? J'vous explique un peu comment on va procéder : j'veux un volontaire parmi vous deux pour s'faire salement démolir la tronche. Et quand j'dis « démolir salement », c'est vraiment sale, sans retenue. J'vous préviens, le volontaire va passer le quart d'heure le plus merdique de sa vie, qu'ce soit clair entre vous et moi. J'vous laisse une minute… Allez, deux minutes parc'que j'suis sympa, pour vous décider d'celui qui passera à la casserole. Si vous n'arrivez pas à vous décider, ce que j'peux comprendre, j'vous noie tous les deux dans la baignoire de la salle de bains… Ou dans les chiottes.

Il prend son pied, le bâtard…

Les deux gars reluquent Orsu, flippés. Le mec à la barbichette tremble, sue comme un bœuf. Sur ma vie, il va se chier dessus.

— Tu vois Zarca, ces mecs-là s'prennent pour des natios ! m'informe Seb. Pour piailler en manif, ils sont fortiches mais quand il s'agit d'se mouiller un peu, là, plus personne ne répond. Mais surtout, ils parlent un peu trop…

— Vous vous décidez ? les relance Orsu, le plus détendu du monde. Un volontaire pour s'faire massacrer ou vous préférez mourir noyés ? Moi je m'en branle, les deux possibilités m'conviennent…

Le Breton s'introduit dans la cuisine américaine, fouille dans les placards. Nerveux, je songe à éclater une garot mais un moment de lucidité me fait prendre conscience qu'il ne vaut peut-être mieux pas laisser une empreinte ADN dans cet appart. J'ignore vraiment ce que je fous ici.

— Il vous reste plus que trente secondes pour vous décider, les salopes !

— Nan mais Orsu, s'te plaît, j'vois pas d'quoi tu parles ! se met à marmonner le chofa à la mâchoire carrée. J'crois que tu t'trompes sur notre compte, c'est une erreur mon ami.

— Vingt secondes…

— Zarca ! Seb murmure à mon oreille. Dans ton guide, tu seras pas obligé de raconter cette histoire…

— Vous allez loin là, Seb ! je le rembarre direct. Ça m'intéresse pas, d'me retrouver mêlé à vos bails.

— T'inquiète Zarca ! C'est toi qui voulais de l'Underground, nan ?

— Dix secondes ! le Corse poursuit son compte à rebours.

— Orsu ! S'te plaît, écoute-moi juste…

Le Breton réapparaît, vide un sac-poubelle sur les deux victimes. Surpris, les mecs bondissent du canapé.

— Trois, deux, un…

Orsu envoie une golden dans la face du type à la barbichette, le Breton distribue une patate de forain dans la gueule de l'autre.

Seb se joint à la marave party, une mise à l'amende dans les règles de l'art.

15

JARDIN VILLEMIN : LITTLE KABOUL

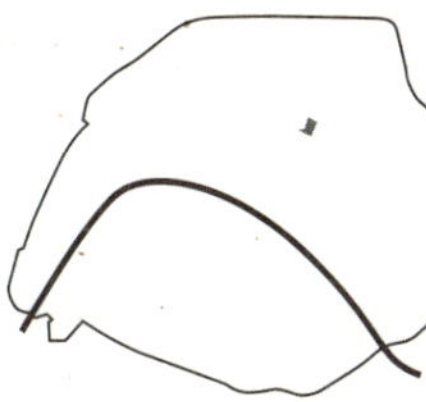

Grosse période de bad. Un mois s'est écoulé depuis la mort de Dina et je m'enfonce toujours plus profondément dans la défonce, bédave à toute balle, m'écorche les naseaux et me flingue le foie. Elle me manque à en crever, la petite.

Seul à l'appart, je me sers un verre de tord-boyaux, un sous-sky à l'arrière goût de pisse. Il est minuit passé et je tourne en rond comme un poiscaille, en attendant qu'Azad vienne me récupérer. Cette nuit, le frangin est censé me traîner du côté de la gare de l'Est, à Little Kaboul.

Je me pose sur le canapé du teum-teum et allume mon ordi. J'ouvre le fichier intitulé «Paris Vice City» et amorce une définition de la 3-MMC[1] qui

1. Lire note page 16.

me servira d'encadré pour mon chapitre sur les pédés de l'Underground ou les cames en circulation dans la capitale. *« 3-MMC : drogue de synthèse de la famille des cathinones aux vertus psychostimulantes et euphorisantes, présentée sous forme de petits cristaux blancs. Prisée dans certains milieux gays, la 3-MMC se consomme par voie nasale, en "para", par injection, ou en plug – par voie rectale. »* Je chope mon chichbar sur la table basse et l'effrite dans le creux de ma main. Azad me passe un coup de bigo, je décroche :

— Ouais Azad ? Alors, qu'est-c'que tu branles ?

— Zarca, j'vais pas pouvoir venir là, faut qu'tu m'rejoignes !

— Une plombe que je t'attends gros, c'est pas réglo ! T'es où ?

— Là, au jardin Villemin !

— Putain Azad, tu fais chier !

— Et s'te plaît Zarca, faudrait qu'tu tires 200 euros, c'est superimportant ! Je t'expliquerai…

— 200 euros ? Mais putain Azad, j'les ai pas…

— Si tu les as pas, j'suis un homme mort.

Il me pète vraiment les burnes. C'est toujours les mêmes galères, avec lui. Plan moisi sur plan moisi.

— En fait le square est fermé, faut qu'tu sautes par-dessus la clôture ! m'explique Azad au téléphone, au moment où je déboule à l'entrée du jardin Villemin.

— Enfoiré ! je pars direct au clash. Tu t'fous vraiment d'ma gueule ! Comment tu veux que j'saute par-dessus la grille ? Elle fait au moins trois mètres de haut, c'est impossible. Comment vous faites, vous, pour grimper c'bordel ?

— Ben nous on est afghans, on sait escalader…

Doucement mais sûrement, je sens la rage s'emparer de moi.

— D'accord, et ben donne-moi ta putain d'méthode d'Afghan !

— OK, fais l'tour du jardin ! Tu vas voir, y a un parcmètre au niveau du quai de Valmy. Tu montes dessus et tu sautes direct dans l'square.

Là, il me fout carrément le seum !

— T'es qu'une pauvre merde Azad ! J'sais pas c'que t'as branlé, mais j'te jure que j'te pisse à la raie.

Vénère, je lui raccroche au nez, longe le jardin Villemin jusqu'au quai. Fait chier ! J'aperçois le parcmètre, au bord de la rue qui longe le canal Saint-Martin, le coin le moins discret d'Île-de-France. Si les bakeux me tombent dessus au moment où j'amorce la mission Cliffhanger, nous serons deux à l'avoir dans l'os. Azad se paye vraiment ma tête. Comme si cette galère ne suffisait pas, des pics saillants couronnent la clôture du jardin. Un coup à se percer la carrosserie.

Je guette le secteur, zieute à gauche, à droite. La voie est libre, je grimpe sur le parcmètre façon GIGN et m'accroche à la barrière du jardin, place une tatane entre deux pics et me jette à l'arrache dans le square. Chose prévisible, je me rétame comme une quiche dans un buisson. Putain de sa race ! Casse les couilles !

Je me redresse, me dégage de la broussaille et rappelle l'enfoiré d'Afghan.

— Ouais Zarca ? Alors ?

— J'viens d'atterrir dans ton parc de merde là, t'es où ?

— OK, enfonce-toi un peu dans l'jardin, tu vas nous voir !

Je lui raccroche à la gueule et au flair, m'engage dans un sentier obscur. Allongé sur un banc, un type roupille, la tête appuyée sur un sac à dos. Je trace ma route, m'embourbe dans ce petit chemin de Little Kaboul, principal point de ralliement des réfugiés afghans depuis la fermeture du centre de Sangatte en 2002, sur la décision d'un petit-fils d'immigré hongrois devenu président de la République. D'après Azad, les Afghans ne squattent pas le jardin Villemin pour tringler le temps, la plupart d'entre eux cherchent un passeur pour pointer en Angleterre, d'autres magouillent ou espèrent trouver des plans pour palper deux, trois pépettes.

Des chuchotements attirent mon attention, je repère une dizaine de silhouettes assises dans un coin de pelouse. Je m'approche du groupe, des mecs éclairés par des tubes phosphorescents pillavent et fument, concentrés sur un jeu de cartes – du poker afghan.

— J'suis là ! Azad me siffle, un bras en l'air.

Je rejoins le soce, posté entre deux barbouzes aux tronches peu avenantes. Des ganaches de Pachtounes, l'un se farcit un scratch au menton et ne cesse de se gratter les bras, l'autre arbore de l'or et des bling-bling autour de ses doigts, de son cou et de ses poignets.

— T'as l'argent ? me demande Azad. J'ai perdu au poker.

— T'es con, putain !

Je dégaine le zeillo, le file au pote qui le remet illico au barbu décoré comme un sapin de Noël.

— Tu assures Zarca ! me remercie Azad. Viens t'poser !

Il se recule pour me laisser une place dans le cercle, je m'agenouille entre lui et le balafré.

— Et ça les dérange pas, tes amis, que j'sois là ? je sonde Azad.

— Ben nan, tu crois quoi ? Les Afghans, ils sont pas racistes. Et puis en plus, tu ramènes de l'argent.

— OK, j'demandais ça comme ça…

— Tu vois, le type à côté d'toi avec sa cicatrice ?

— Ouais !

— J'vais pas prononcer son nom sinon il va comprendre que j'parle de lui mais c'est un malade mental. Il vend des tapisseries et il connaît beaucoup d'Iraniens sur Paris, tout l'monde pense que c'est un indic du régime de Khomeyni. Un enfoiré ! En plus, il récupère des dettes pour un riche Afghan très puissant, il a déjà tué des gars…

— Azad, t'es sûr que personne pige le français ici ?

— Sûr, c'est tous des blédards ! Et celui à ma gauche, avec ses bijoux. C'est un passeur et un vendeur de taryak. Il sort de prison, il est resté cinq ans…

Azad me tend sa fin de garot maculée de taches noires et parfumée, signe que la tige est barbouillée d'opium.

— Nan, cimèr !

— Comment ça, nan ? Fume bordel !

— J'aurais kiffé mais j'ai tisé. Par contre, pour m'avoir fait galérer et grimper dans ce square d'enfoirés, t'as intérêt à m'trouver un gros morceau de taryak.

— Sans problème.

Azad se tourne vers le passeur, lui murmure deux, trois trucs à l'oreille pendant que le balafré assis à ma droite m'adresse un gros smile édenté. Paye ta tronche de forain ! Je lui rends le sourire.

— Tiens enfoiré ! Azad me largue discrètement une barrette enveloppée dans du cellophane.

— Merci pauv' merde ! Ça fera plaisir à Cylia, elle adore ça…

Je m'allonge sur le côté, observe la partie de poker.

Dina…

— Azad, dis-moi, les Afghans, ils font d'la rabla ?

— D'la quoi ?

— De l'héroïne !

— Ils font ! L'héroïne, ça vient du pavot.

— Et par hasard, tu sais pas si certains Afghans d'ici vendent leur came à Pigalle ?

— Je crois pas mais j'pourrai m'renseigner.

16

LE TROMÉ

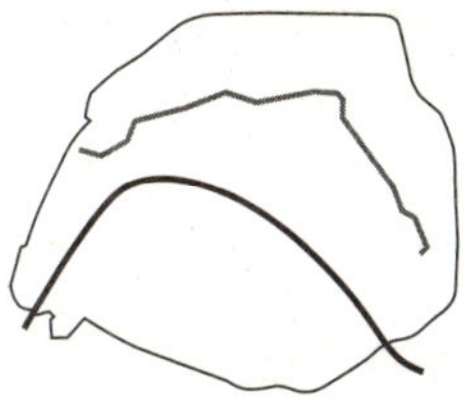

Il est 22 h 20 et je sors tout juste d'une cantoche marocaine à Père-Lachaise où je suis allé grailler avec Baccari et Slim, mes deux aminches du neuf-quatre. Les soces ont plié les bricks et les grillades comme des morfals, je n'ai quasi rien croqué à part une salade à l'huile et une demi-galette de semoule.

En ce moment, j'essaye d'engrainer Bac pour qu'il m'ouvre les portes des combats de clebs et des dièzes de rabouins mais le frangin ne semble pas très chaud. Nous nous connaissons pourtant depuis plus de vingt piges et mon guide ne sera pas un ouvrage de poucave mais une bible de l'Underground.

Je m'engouffre dans la bouche de métro, saute par-dessus le tourniquet et longe le couloir qui mène à la ligne 2, mon tromé favori et pour cause, il part de Nation – connectée à la banlieue est – et termine à porte Dauph', à la lisière du bois de Boubou. En plus, la ligne 2 traverse quelques tièques assez stylés : Ménil', Belleville, Jaurès, Stalincrack, Bezbar, Galpi, place de Clichy, et offre une vue mortelle de la capitale entre les stations Colonel-Fabien et Anvers.

Je déboule sur le quai du métro, me poste à côté d'une blonde bien michto, jean moulant, bottes marron et veste en cuir, piercing à la lèvre inférieure. Par certains côtés, elle me rappelle Dina. La racli fait mine de m'ignorer, à moins qu'elle m'ignore sans faire mine. Je tripote machinalement mon téléphone, histoire de.

Le tromé arrive sur le quai, ses portes s'ouvrent. Je grimpe dans la rame et attends que la meuf s'installe pour choisir ma place, face à elle. Vraiment fraîche, j'adore son style. Une sous-Dina, mais une Dina quand même. Je continue de triturer mon portable pour mimer le gars désintéressé. Parasité par des voix à la fois puériles et rageuses, je jette un coup d'œil par-dessus l'épaule de la meuf, reconnais des petits de Ramponeau, la cité de Belleville où je suis toujours tricard. Putain de sa mère !

S'ils captent ma présence, ça va saigner.

Je réagis cash, hausse ma capuche au-dessus de ma tête et baisse la tronche. La zouz devant moi doit tellement me prendre pour un barge. J'entends les petits youvs tchatcher, sur un fond de rap à deux balles, style Kaaris. Le métro s'arrête à Ménil', j'hésite à changer de wagon mais décide finalement de porter mes cojones. Pas moyen que je m'éclipse pour une bande de puceaux. Les petits devraient descendre à Belleville, dans deux stations. Une odeur de shit atteint mes narines, je relève la tête. Un rebeu de

RPN, du duvet en guise de moustache, vient d'éclater son splif dans le wagon.

Puis là, ça part en freestyle.

— Hey, toi, fils de pute ! m'insulte un renoi tiffé de tresses. J'te reconnais, enculé d'tes morts !

Putain de merde, j'ai déconné ! La meuf assise en face de moi se retourne aussi sec, surprise par le clash verbal du gamin. Je me lève, un autre gosse s'enflamme :

— Ah ouais, c'est l'bâtard qui traîne avec les fils de pute du huit-dix !

Je cherche une échappatoire, tente de les calmer :

— Les gars, putain, j'suis un pote de Slim ! Arrêtez, sérieux !

— On s'en bat les reins, nous, qu'tu traînes avec Slim ! la ramène un grand tismé pourvu d'une gueule d'ado. On va t'niquer !

Le crew s'avance vers moi, le tromé débarque à Ménil'. Le rabza m'envoie une golden, j'esquive son coup et le pousse de toute ma puissance. Le gamin se rétame, le grand tismé se jette sur moi et s'accroche à mon blouson. Nous perdons l'équilibre et nous ramassons par terre tous les deux. Zob, je risque de me manger un penalty dans la tête !

Le métro s'arrête, les portes du wagon s'ouvrent.

Je colle l'enfoiré contre moi et enclenche une clef de bras. Une tatane m'écrase salement la tronche, je lâche le tismé et me prends un deuxième shoot dans la face. Mon arcade sourcilière éclate, le gros bordel résonne autour de moi. Étourdi par les coups de savate, je mets un petit temps avant de piger que des keufs viennent de débouler dans la rame. Ma tête vrille en hélico, je rends une galette sur une paire de rangers. Les chtars neutralisent les gosses de Ramponeau, les plaquent contre la paroi du métro et dégainent les pinces.

— Monsieur ! m'interpelle un lardu, penché au-dessus de moi. Monsieur, vous m'entendez ?

Je me redresse doucement.

— Monsieur, vous m'entendez ?

— Ouais, ouais, j'entends !

— Vous pouvez vous lever ?

— Ouais !

Le dèk – un grand blond à la trogne de nazi – me chope par le bras, m'aide à tenir sur mes cannes. Putain de sa mère ! Je m'essuie la ganache avec la manche de mon zomblard, me rends compte que je pisse le sang.

— Ça va monsieur ? Le kisdé prend ma température.

— Ouais, ouais, impec' !

— « Impec », « impec », on dirait pas monsieur ! Vous saignez beaucoup là !

— Nan, nan, j'vous dis qu'ça va !

— Vous pouvez nous suivre au commissariat ?

Plutôt crever que de visiter un poulailler.

— Nan, c'est bon, c'est rien !

Le cops se tourne vers ses collègues, occupés à menotter les petits bâtards :

— Bon, ceux-là, on les embarque tous !

17

PLACE CLICHY, LE QUARTIER DES TRAVS

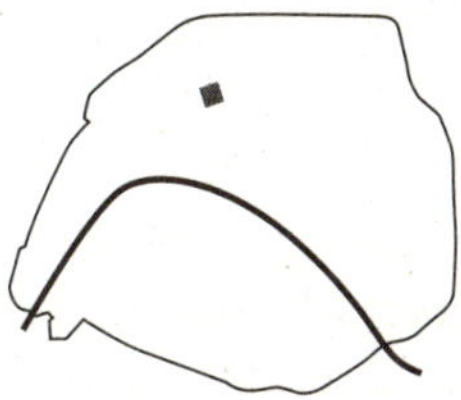

Les mains dans les fouilles, j'arrive à place Clichy, dans une ruelle gorgée d'hôtels « transfriendly ». Masse de travelos venus d'Amérique latine pour la plupart crèchent dans ce secteur. À l'époque où j'écrivais *Le Boss de Boulogne*, je traînais souvent à place Clicli, squattais les raptas transgenres et les soirées Escualita, m'incrustais à la Maison des travestis et dans des cabarets transformistes. Une meilleure époque.

Je m'introduis dans l'auberge de Cylia. Le réceptionniste ne me calcule pas, plongé dans la lecture d'un magazine. Je grimpe à l'étage, croise Sombra dans les escaliers. La transsexuelle, une blonde potelée à la gueule carrée, m'arrête illico :

— Hey, toi ! Tou es oun connard, avec ton libré sour lé bois dé Boulogné. Les tlavestis, ils t'emmeldent !

— J'suis pas d'humeur ! Je la rembarre.

J'arrive au premier, toque à la porte de la chambre 16 et poireaute quelques secondes. Cylia ouvre la lourde, carrément moins bandante que le long de la Reine-Marguerite[1]. Fringuée d'un pyjama à rayures, dépourvue de maquillage et la crinière ébouriffée, elle ressemble à Dounia – la sœur d'un pote, archi cheume. Je lui claque la bise, entre dans son placard poussiéreux et bordélique où s'accumulent des bibelots à connotation religieuse. La vaisselle s'entasse dans l'évier et un séchoir à linge trône au milieu du taudis.

— Assieds-toi là, mon cœur ! Cylia désigne de son index une chaise en bois.

Je m'exécute, elle s'assied sur le rebord de son plumard, me chouffe d'un regard triste :

— Mon chéri, t'as une de ces mines ! T'as bien fait d'venir me voir…

Je détourne le regard, sors de mon blouson le bâtonnet d'opium que m'a dégoté Azad la semaine dernière, au jardin Villemin. J'avais gardé le morceau de côté pour le fumer avec Cylia. Elle en raffole et à Paname, seul le milieu irano-afghan – peut-être chinois aussi – trempe dans ce bizgo.

— Tu sais Zarca, continue la trans, j'aimais beaucoup Dina. Elle était un peu fofolle mais très gentille. Et elle parlait souvent d'toi…

Je fais style d'ignorer sa remarque et, silencieux, allume le réchaud à gaz posé sur une commode en rotin. Je sors les deux fils de fer apportés pour

1. Allée centrale du bois de Boulogne.

l'occasion, demande à Cylia de me confectionner une paille à partir d'un bout de papelard. La pote se fout à l'ouvrage, déchire la première page d'un magazine de mode et l'enroule entre ses mains. Je cale un fil de fer sur la flamme du réchaud, plante un morceau de taryak au bout de l'autre fil.

Dans un coin de la piaule, je repère une revue de boule spécialisée dans les créatures transgenres. Sur la couv' du mag, une blonde burnée tient fermement son énorme braquemart. J'imagine mal Cylia se branler dessus, elle le réserve sans doute pour pimenter les trips de ses clients. Le fil de fer fixé sur la flamme vire au rouge, Cylia vient se posticher à côté de moi. J'applique le fil brûlant sur le morceau d'opium. La pote coince la paille artisanale entre ses lèvres, se penche pour aspirer la fumée qui s'échappe du taryak.

Cylia et moi fumons depuis deux plombes et je commence à me détendre. Le down de mes dernières semaines s'évapore doucement. Quoi que racontent les adeptes du bien-être et les assos antinarcotiques, la came permet de se détourner des pensées parasites, de prendre congé de cette vie de merde, le temps d'une défonce. En deux heures, Cylia et moi avons refait le monde. Je ne me souviens plus dans quel ordre mais nous avons parlé de cul, d'actifs et de passifs, de sodo et de branlette espingouine, d'opération de vaginoplastie, de rabla, de chnouf et d'ecstas, d'un restau indien de la rue Quincampoix, du conflit israélo-palestinien, de la Chine, du derche de Beyoncé, de mes bouquins et du Tati de Bezbar. Et bien sûr, de Dina.

Je me remplis à nouveau les éponges. Une odeur semblable à celle du caramel, en plus écœurante, embaume la piaule. Des cris et des insultes fusent dans la chambre voisine. Les murs de cet hôtel sont en carton. Décontracté, je me tourne vers la frangine :

— Tu sais Cylia, Dina ne touchait pas à l'héro ! Et même, jamais elle se serait plantée une fléchette dans le bras, c'était pas une junkie des années 90.

La trans me soustrait la paille des doigts.

— Je sais, Zarca ! D'ailleurs, j'y crois pas vraiment, à cette histoire d'overdose. Je vais t'dire quelque chose…

— De quoi ?

— La dernière fois que j'ai vu Dina, on est allées boire un verre au *Rouge Club.* Elle n'avait pas trop la pêche, elle m'a raconté qu'son mec était très jaloux et n'arrêtait pas d'la fliquer. Il pensait qu'elle le trompait…

Alors que Cylia me fournit ces infos, un souvenir refait surface dans ma tête. Le souvenir assez récent de ce motard qui a tenté de me dézinguer à porte d'Auber, quelques heures avant l'O.D. de Dina. J'avais zappé cet élément de ma mémoire, rongé par la perte de ma frelonne.

Je récupère la paille, et fume.

18

LA ZONE AUSTERLITZ

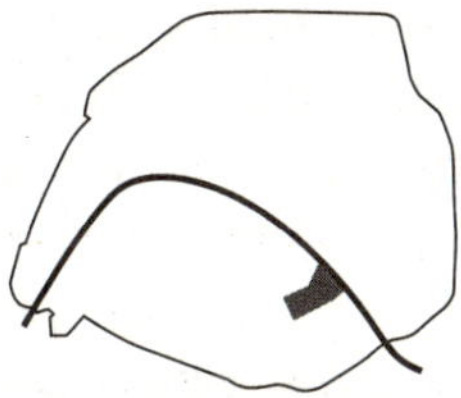

Le quartier de la Salpêt' se prépare pour le grand lifting mais en attendant la fin des rénovations, le secteur ressemble à un immense chantier gorgé d'échafaudages, de grues et de palissades. Une tache sur la Rive gauche. Et puis, sans vouloir chier sur la mairie de Paname, la Cité de la Mode n'arrange pas le tableau.

C'est au *Carabine*, un rade à la con situé sur le boulevard de l'Hôpital, que le rédac' chef du magazine *Epsilon*[1] – une revue naissante – m'a filé un rencard.

Nous sommes le lendemain de ma soirée Opium, j'enchaîne les pastagas au comptoir du bistrot, le cerveau parasité par des interrogations, des vapeurs toxiques et une rage inexpliquée, un seum qui me

1. Le nom de la revue a été modifié.

tortille les tripes. Les confidences de Cylia m'ont retourné et je ne sais pas quoi penser, paumé dans ma matrice.

Agglutinés au bout du zinc, quatre soûlards tchatchent bruyamment devant des cacahuètes et des verres de pinard. Ces pochtrons me stressent, à gueuler comme des timbrés. Ils ne respectent rien et ma tolérance est au point mort. Je vérifie l'heure sur mon téléphone, le boss de la revue *Epsilon* est à la bourre d'une demi-plombe et pas un texto pour me prévenir de son retard. Il me plaît déjà, celui-là. Je ne supporte pas de poireauter. Je reçois un SMS de Baccari : « Zarca, c'est bon pour c'que tu m'as demandé. J'dois pouvoir te présenter des tangis. »

Je torche mon pastaga, commande un énième verre au patron du *Carabine.* Envie de me piller le cerveau. Mon téléphone sonne et affiche le blase d'Azad :

— Ouais, Azad ?

— Zarca, putain !

— Quoi ?

— C'est la merde, on s'est fait cambrioler.

— Quoi, t'es sérieux là ?

— J'viens juste de rentrer, la porte d'entrée de chez nous est fracturée.

Alors là, c'est la merde ! L'Afghan et moi ne gardons pas vraiment d'objet de valeur ou de cash à l'appart mais je conserve tous mes textes sur mon ordi et comme un con, je n'ai pas pris l'habitude de sauvegarder mon taf sur une clef USB ou un disque dur externe.

— Azad, mon ordi…

— Ton ordi est là, ils ont rien volé.

Rien volé… Putain !

— Azad, reste surtout pas là ! Embarque mon PC, des affaires et bouge vite de là ! On déménage quelque temps, fais-moi confiance ! J'vais être en rendez-vous, rejoins-moi direct du côté de la gare d'Austerlitz. Dès que j'ai fini, je t'appelle.

— Ça marche !

Je reste sur le cul. Le taulier m'apporte le pastaga, je saigne la boisson en cinq gorgées. Bordel ! Où est l'intérêt de taper l'effraction dans un appart sans rien chourave, si ce n'est pour souiller ses occupants ? Pour moi plus aucun doute ne plane, quelqu'un cherche à m'écorcher. Zob ! À trop fleureter avec l'Underground, le Frisbee me revient en pleine tronche.

Les poivrots agglutinés au comptoir continuent de me casser les burnes à parler fort, rire à gorge déployée et hurler comme des golmons. Pas facile de rester zen avec ces tocards. Un gus entre dans le bar. Une dégaine de mec fragile à la coupe de cheveux étudiée – longue et frisottée –, barbe d'une semaine bien taillée, veste classe par-dessus une chemise bleue fermée jusqu'au col, lunettes de gars sérieux, attaché-case d'enfant de putain. Le type me rejoint au comptoir, me tend sa pogne :

— Zarca ?

— Ouais, c'est moi !

— Enchanté, je suis le rédacteur en chef du magazine *Epsilon*…

Je lui serre la pince, le chouffe de haut en bas. Une caricature de troufion. Infoutu de s'excuser pour son retard, j'espère au moins que ce narvalo va me proposer un bon plan.

— On peut se tutoyer ? me demande le gars.

— Allez !

Il s'assied à ma droite, ouvre sa mallette de suce-boule et sort un exemplaire de sa revue :

— Je ne me suis pas présenté. Antoine, je suis écrivain et donc, rédac' chef de la revue *Epsilon.*

OK, le mec se la joue « écrivain ». Comme Balzac, Hugo, Proust et Jean-Louis Costes. Rien que ça ! Il me file son mag, une revue à la couverture plutôt belle sur laquelle figurent des titres racoleurs et pseudo-transgressifs style « Philosophie de la sodomie », « La guérilla sexuelle » et « Putasserie ésotérique », puis me déballe son speech :

— Alors voilà ! *Epsilon* est une revue contestataire…

Il va contester quoi, lui, avec sa tronche de fomblard ?

— … Et nous recherchons des plumes jeunes et dynamiques. Je ne vais pas tourner autour du pot : à l'heure actuelle, nous n'avons pas la possibilité de rémunérer nos rédacteurs…

— Quoi ? je le coupe direct. Comment ça, vous raquez pas ?

— Non, nous n'avons pas les moyens de…

— … Attends deux secondes, mon pote ! Tes graphistes, ils sont payés ou ils charbonnent gratos ? Votre imprimeur, il taffe à l'œil ? Ou c'est vraiment les auteurs qui s'font niquer dans l'histoire ?

Ma remarque ne le perturbe pas, le type s'obstine à péter plus haut que son boule :

— Nous ne sommes pas en mesure de rémunérer tout le monde, par contre, nous pouvons nous engager à parler de tes livres dans notre revue, et puis *Epsilon* te donnera une certaine visibilité…

— Je t'emmerde ! je le stoppe net. Tu m'fais bouger l'cul dans un spot périmé, t'arrives à la bourre, tu m'expliques que j'serai pas raqué pour gratter dans ton mag et en plus tu m'exposes le truc comme si tu m'rendais service. Alors maintenant redescends d'un cran, règle mon addition et surtout, va bien t'faire fister !

La face du branlo se décompose, il déglutit en guise de réplique. Fils de cafard ! Un des pochtrons collé au zinc – un gros moustachu coiffé d'un chapeau de cow-boy –, se met à éclater de rire, d'un rire strident, inblairable. Un boulon se dévisse dans ma cervelle, je me tourne vers les soûlards :

— Hey, les gars ! Vous en avez pas ras-l'cul de brailler comme des débiles depuis tout à l'heure ? Vous vous croyez seuls dans votre matrice de pochtrons ? Bande de blairs…

Voyant l'ambiance vriller en couille, le rédac' chef en carton remballe ses affaires et s'éclipse du rade – sans payer la note, le rapiat. Le moustachu au chapeau de cow-boy fronce ses gros sourcils de Portugais :

— Qu'est-c'que tu nous emmerdes, toi ?

Au lieu de s'occuper de son derche, le taulier du *Carabine* vient se planter devant moi, se penche par-dessus le comptoir :

— Monsieur ! J'vais vous demander d'partir, ça fera 31,50 euros.

— Oui, bien sûr !

Je soupire, lui assène une énorme golden dans la gueule. Le patron s'effondre derrière son zinc. John Wayne se précipite sur moi, je me décale et lui envoie un kick dans la bouche. Il s'éclate sur le carrelage, je lui balance trois penalties dans la tête et un dans l'estomac. J'ai toujours dit que les cow-boys chlinguaient la mouscaille. Les autres pochtrons ne bougent pas d'un oilpé, me reluquent, tétanisés. J'écrase une dernière fois la gueule du cow-boy et me casse de ce rade avarié.

Submergé par la rage, je longe le quai d'Austerlitz les pognes serrées, prêt à démonter le premier bâtard qui viendrait me casser les couilles. J'ai besoin de me défouler. Terminé Zarca, le mec peace ! Qu'ils aillent tous se faire cracher dans la raie ! L'Underground m'a entaillé, à moi de lui rendre la pareille.

Je contacte Kays, sans succès, laisse un message sur son répondeur :

— Gars, j'ai essayé de t'joindre plusieurs fois depuis la mort de Dina mais tu veux pas répondre. Rappelle-moi, faut que j'te parle !

Vénère, je range mon portable, rejoins Azad devant le *Six-Huit*[1], des sacs de sport à ses pieds. La mâchoire contractée à bloc, je me rends compte que mes chicots grincent depuis un moment, comme si j'avais reniflé trois meuges de cé.

Je tchècke l'Afghan :

— Azad, bordel !

---

1. Restaurant-péniche.

— Zarca, qu'est-ce qu'il y a? Toi, t'as gobé un truc…

— J'ai l'seum, Azad! J'ai le putain d'seum! Je coince une garot entre mes lèvres, l'allume. Azad, on peut pas retourner à l'appart pour le moment!

— Vas-y, explique le bordel!

— Ça craint pour ma gueule Azad, quelqu'un essaye de m'buter.

À son tour, le frelot se grille une tige.

— Te buter? Mais qui voudrait t'buter?

— Pas impossible que Kays soit derrière tout c'merdier!

— J'ai jamais pu l'voir, ce fils de pute!

— Ouais mais attends, faut que j'sois sûr de mon coup.

Dans l'Underground, tout le monde baise avec tout le monde et tout se sait tôt ou tard.

19

CHÂTELET, LA CROISÉE DES MONDES

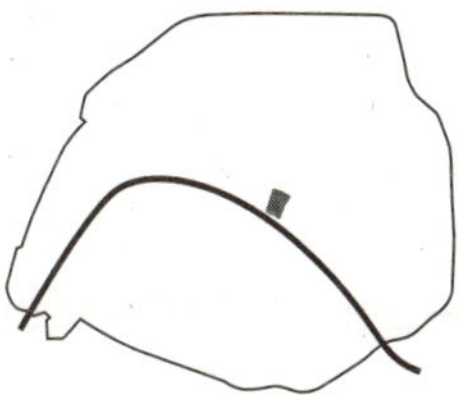

Châtelet est un mix d'univers improbables. Tu y croises des scarlas et des bobos concentrés aux Halles, des fachos et des gauchos, des gothiques-métalleux et des dèpes dans la rue des Lombards, des babtous, des renois et des noiches, des jeunes et des anciens, des thunés et des clodos, des rades, des boîtes, des boutiques de sapes, des sex-shops, des gastos et des grecs. Châtelet est un nœud, desservi aux quatre coins de la région panamienne par les transports en commun : RER A, B et D, métros 1, 4, 7, 11, 14, sans compter la masse de bus et de Noctiliens.

Mon pote Komar – Mister Catacombes – crèche en plein cœur de ce boxon, une chambre de bonne située rue de la Ferronnerie, à trois numéros de la boutique Ünkut où le rappeur Rohff et sa team ont fait irruption pour désosser un petit protégé de Booba. Komar accepte de nous héberger, Azad et moi, le moins longtemps possible étant donné l'étroitesse de sa piaule.

Il est 21 heures et nous avons rencard au *Lézard* dans une plombe, les potes et moi. J'ai préféré convier la clique dans un rade plutôt que de les briefer par téléphone, pour éviter de laisser des traces. On ne sait pas comment cette histoire va se terminer. Assis en tailleur sur le matelas dégoté par Komar, je trace des lignes sur la table de chevet du soce, à l'aide de ma carte d'identité. À côté de moi, Azad s'enquille une canette de Kro. Komar, postiché sur son plumard, roule un splif de weed, une Purple Haze bien odorante. J'enroule un bifton de cinq euros, Azad se sent obligé de la ramener :

— C'est dégueulasse, faire ça avec un billet ! Tu vas t'choper tous les microbes…

— Rien à branler ! je réagis sec, irrité par sa remarque. Si j'voulais prendre soin d'ma santé, j'taperais pas de coke, pas de 4-mec ou de MD, pas d'trips, j'tiserais pas, j'boufferais des légumes, j'me coucherais tôt et j'irais faire un footing le matin avant d'avaler mon jus d'orange pressé et mon muesli 0 %. Alors tes histoires de billets, franchement, frère, j'me torche avec !

— Pourquoi tu parles comme ça ? se vexe le poto. Pas la peine de t'énerver, c'est rien !

— Ouais, mais les réflexions comme ça, d'hygiéniste de mes couilles, ça m'gave.

En temps normal, grande gueule, Azad serait sans doute parti au clash mais depuis cette fameuse nuit où Dina s'est empoisonnée, le pote me cède tout, tolère mes sautes d'humeur. Il récupère une paille dans une poche de son sweat, se penche au-dessus de la table de chevet et s'envoie un trait dans le pif :

— Elle a l'air pas mal, celle-là, et elle pique pas l'nez.

C'est clair ! La coke de Slim déchire, comparée aux merdes coupées au lactose, fréquentes dans la capitale. Alors d'accord, ce n'est pas non plus de la colombienne mais elle fait largement l'affaire. Détère, je me tracks une deuxième ligne dans la narine droite, une autre dans la gauche puis encore une dernière pour la forme, dans la droite. J'attrape mon verre de vodka, me le vide dans la tuyauterie.

— Putain, L'Écrivain, t'es vraiment un forain ! me lâche Komar.

Je lui taxe son joint, tire une énorme barre dessus. Je préfère le teuteu à la weed mais cette verte envoie vraiment du lourd. Superfraîche, elle ressemble à la Haze du *Barney,* le coffee d'Amsterdam réputé pour sa beuh ultraconcentrée en THC. Je rends le pilon à son proprio, celui-ci me dévisage :

— Ça va, L'Écrivain ?

D'un coup, ma vision se trouble, une montée de chaleur parcourt mon corps, je me mets à gerber sur la table de chevet et le matelas du frelot.

— Merde, putain ! Komar bondit de son plumard. L'Écrivain, tu m'fais quoi là ?

— Zarca, qu'est-ce qu'il y a ? panique Azad. Tu pars en couille là !

Les voix des potes résonnent dans mes tympans, du raisiné coule de mon nez et des phosphènes parasitent ma vue. Tout mon corps se contracte, je tremble, serre les chicots et les poings. Nique sa mère ! Rageux, je me lève, attrape la table de chevet et l'éclate contre le mur de la piaule.

— Zarca, putain !

Je me tourne vers les frères :

— C'est la guerre, les mecs ! La guerre !

Je me sens encore très nerveux. Une heure auparavant, j'ai failli retourner la piaule du poto. Depuis quelques jours, je galère à contrôler mes accès de rage. Va piger ce qui se trame dans ma tronche, peut-être un syndrome post-traumatique – je n'en sais rien, j'y connais que dalle en psychologie – et ma consommation de cécé n'arrange pas mon état.

Quand Komar, Azad et moi déboulons au *Lézard,* Cylia est déjà en place. Postée seule à une table ronde, elle sirote un cocktail multicolore à la con, le genre de breuvage à dix euros paré d'une rondelle de citron et aromatisé à l'alcool. Le rade – une usine à bibine ouverte toute la nuit – envoie du gros rock anglais et draine pas mal de métalleux, barbichettes et babas.

Nous rejoignons Cylia, ses habituelles lunettes de soleil sur la ganache. Je lui tape la bise, Azad aussi. Komar, lui, scotche une longue seconde sur le visage de la transsexuelle, fait le choix de lui serrer la main :

— Komar !

— Enchantée… Cylia !

Nous nous asseyons autour de la soce, alors que Slim et Baccari franchissent la porte d'entrée du pub. Je lève un bras pour attirer leur attention, les frangins rappliquent à notre table. Baccari nous salue l'un après l'autre, Slim esquive la politesse à

Cylia. Les deux frelots se posent avec nous, paumés dans ce rade prisé par les babos et les camionneuses.

— Bon, on boit quoi ? s'impatiente Azad.

— Il faut s'servir au comptoir, lui indique Cylia.

Agité, j'abandonne les potos et me taille aux chiottes, jette un coup d'œil sur la pendule du pub. Il est presque 22 h 30, Erik et Seb ne devraient pas tarder à rappliquer mais Bibo, le connaissant, ne sera pas de la partie. Je m'engouffre dans les gogues barbouillés de graffs et de stickers, deux mecs tchatchent devant les pissotières :

— Avec cette nana, j'serais le plus heureux des mecs, elle est parfaite.

— Ouais, sauf si tu m'dis qu'elle niquera pas avant l'mariage.

— C'est pas un problème, ça ! Elle m'plaît tellement que j'ai même pas envie d'baiser avec elle.

Les deux gars éclatent de rire. J'introduis à peine un orteil dans une cabine, me rétracte aussitôt, dégoûté par une forte odeur de merde. Sa race ! Je sors ma coco et me la tape à l'arrache, sur le revers de ma main gauche. Les deux pisseurs réajustent leurs futes et se retournent, arrêtent de se marrer en me voyant comme ça dans les chiottes, la gueule plongée dans la poudre.

— C'est bon, les gars ! je les tacle. Vous avez jamais vu quelqu'un taper d'la èce ou quoi ?

Apparemment, nan. Les deux s'éclipsent des gogues sans prononcer un mot. Le goût amer de la chnouf m'emplit la bouche, mon estomac se tord, je me précipite au-dessus d'un lavabo pour rendre une galette. Je n'arrête pas aujourd'hui. J'ouvre le robinet, me passe de la flotte sur la ganache. Putain de bordel ! Je me redresse, m'examine dans la glace : pâle, le visage de plus en plus maigre et creusé, la barbe de plusieurs semaines, les yeux cernés et le regard vide.

Je serre les pognes et éclate le miroir en face de moi.

La team presque au complet, il ne manque plus que Seb. Bibo vient de débarquer, torché comme un ruskof. Pour le coup, lui, j'hallucine de le voir parmi nous, je l'imaginais plutôt allongé sous un porche, du côté de Nation. Erik aussi a mis entre parenthèse ses touzes pour nous rejoindre, après une courte escale au *Banana Café*[1].

La mâchoire serrée à bloc, j'enchaîne verre sur verre. À notre table, l'ambiance est un peu chelou entre le charclo, l'Afghan, la trans, le pédé cuir, le renoi taillé comme un golgoth, le rebeu barbu, Komar et moi. Une bouillabaisse dans un pub de puceaux. Une magnifique photo de mifa.

— Zarca, j'ai du taf ! m'informe Slim. J'vais pas pouvoir rester longtemps.

Je termine ma roteuse, enquille mon shot de tequila et chouffe chaque piaf de la clique, l'un après l'autre :

— Franchement, vous avez géré d'être venus !

— Ouais, mon pote, me remercie pas ! se met à baver Bibo, sa pinte levée bien haut. C'est normal, tu crois quand même pas qu'si tu nous dis d'venir, on

1. Bar gay situé à Châtelet.

va pas venir. On est des amis ou on l'est pas, et nous on l'est. Moi, j'vais te dire un truc : un jour, un mec m'a tendu la main et je l'oublierai jamais…

— … En tout cas t'as géré Bibo ! Je coupe court à son monologue. Vous avez tous géré. J'ai putain de besoin d'vous là ! Quelqu'un cherche à m'buter et j'crois savoir qui…

J'interromps mon speech en voyant Seb traîner sa carcasse jusqu'à nous. Le pote me serre la main, adresse un salut général à l'ensemble du crew, s'installe entre Bibo et Cylia. D'entrée de jeu, Seb et Slim se flinguent du regard. Les deux se connaissent du neuf-quatre et le rebeu n'ignore pas les convictions identitaires du faf. Il y a trois berges, ils se sont même insultés sur les réseaux sociaux, une histoire que je n'ai pas trop suivie et dont je me bats les reins.

Je remercie Seb d'être venu, continue à exposer le topo :

— Voilà les gros, j'vous explique : j'pense que Kays essaye de m'charcler. Vous l'connaissez peut-être, c'était l'mec de Dina…

— J'le connais un peu, ouais ! confirme Erik. Il est pédé, j'me demande même si je l'ai pas déjà massé…

— Nan, nan, Erik, j'crois pas ! Dina était maquée avec c'type, il kiffe les meufs…

— L'un n'empêche pas l'autre, mon p'tit loup ! Des hétéros s'faire chatouiller la prostate par des barbus, j'en ai vu plus d'un… Et puis les Arabes, ils sont tous plus ou moins pédés…

— Qu'est-c'que tu racontes toi ? Slim le rembarre direct. Tu dis d'la merde là, arrête de pénave !

— Désolé ! s'excuse Erik. Je parlais pas d'toi spécialement mais c'est vrai qu'en général, les Arabes, ils sont un peu à voile et à vapeur. C'est l'propre et l'paradoxe des cultures virilistes, un peu comme les fachos qui adorent s'faire fister…

À peine assis, Seb se relève aussi sec :

— Bon allez, j'me barre !

Le pote regagne la sortie, je me décolle de ma chaise et me speede pour le rattraper :

— Seb ! Seb !

Le frangin s'arrête, tourne les talons :

— Quoi, Zarca ?

— Qu'est-c'que tu fous, Seb ?

— C'est pas possible ! Entre ton Slimane de merde, ton travelo, ton poivrot et ton pédéraste attardé, j'ai l'impression de m'attabler avec des dégénérés.

— Mais putain, Seb, qu'est-c'que tu t'en bats les couilles ?

— Écoute, Zarca ! T'es mon pote, j'te respecte et j'vais t'aider mais autour de cette table, j'peux vraiment pas. Passe demain soir à Saint-Michel, note l'adresse que j'vais t'refiler !

— Putain, Seb…

— Insiste pas !

Je sors mon phonetèl et note l'adresse qu'il me donne. Saint-Mich', il y a quoi à foutre dans ce quartier fané ? Je laisse Seb se tailler et regagne la table des frelots. Slim, vénère, m'embrouille d'entrée de jeu :

— Roya, pourquoi tu traînes avec c'fils de pute ? C'est un cistra, un skin de merde…

— Ben ouais, il a raison ! engraine Bac. C'est quoi ton mec, là ? Rien qu'il s'paye une gueule de facho !

— S'il vous plaît les gars, lâchez l'affaire !

— OK mais sérieux, Zarca, j'te comprends ap…

Je me tourne vers le clodo :

— Bibo ! Écoute, si tu veux m'aider, je vais t'filer un peu de lovés, et tu vas changer d'quartier quelque temps…

— Quoi comme quartier ? J'vais aller où ?

— Dans le 18ᵉ, à Bezbar.

— Où ça ?

— À Barbès !

— D'accord, mais pour faire quoi ?

— Rien de plus que c'que tu fais d'habitude… Rien !

— Ça m'va !

— T'auras juste à t'fondre dans l'décor !

— Ah ouais, un peu comme un caméléon !

— Ouais, voilà ! Et j'vais te demander de filocher un type…

— Qui comme type ? Le Kays machin là, celui qu'tu m'dis que c'est l'mec de Dina ? Mais comment que j'fais pour l'reconnaître ?

— T'inquiète, j'vais t'montrer une tof de lui et où il crèche. Faudra que tu l'pistes partout, H24, et surtout, que tu l'lâches pas d'une semelle. OK Bibo ?

— Ah ouais, ouais, j'le lâcherai pas d'une semoule ! Moi, j'suis bon à ça !

— Slim, Bac, Erik, Cylia… À vous quatre, vous connaissez tout l'Underground panamien. Soyez au taquet, les frères ! Si jamais vous entendez parler d'quelque chose…

— Genre quoi, comme choses ? me sonde Baccari.

— J'sais pas, des choses…

— OK !

J'avoue, on chlingue un peu l'équipe de Pieds nickelés. J'ai conscience que mon plan est assez bordélique et flou mais je ne veux plus traîner.

Si Kays est bien le responsable de mon malheur, il va douiller avant de crever.

20

L'ARSENAL DE SAINT-MICH'

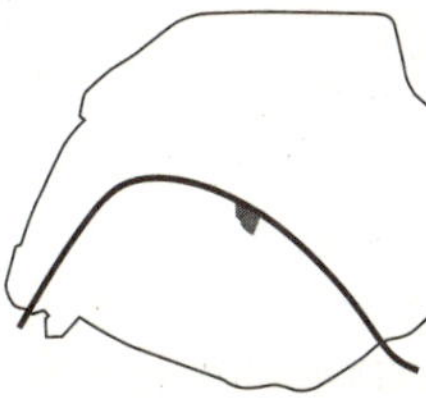

Lors de mes pérégrinations dans les bas-fonds panamiens, j'aurais constaté une chose : l'Underground de la Rive droite, plus populo, abrite des zigs de misère – lascars de cité, bicraveurs au détail, toxs, talonneuses, tireurs et autres gagne-petit. La Rive gauche, d'apparence plus peace et plus bourge, planque « l'Underground d'en haut », le grand banditisme, les braqueurs de Brink's, youvs en col blanc, escrocs à la taxe carbone, baveux corrompus et autres ripous. Et puis aussi, des mercenaires cramés de la tête.

Quand je débarque à trois du mat' dans cette rue perpendiculaire au boulevard Saint-Michel, Seb fait déjà le pied de grue devant cet immeuble haussmannien à l'entrée rouge écarlate. D'après le frelot, le proprio des lieux serait un ancien militaire de haut rang dégoûté par une « armée française vassale », reconverti dans l'immobilier et la sécurité privée. Je serre la pince de Seb, le frangin compose le Digicode de l'immeuble. Nous nous introduisons dans une cour au sol recouvert d'un tapis rouge façon Festival de Cannes et aux murs garnis de tableaux. Le poto s'arrête devant une porte blindée, dégaine un trousseau de clefs, ouvre les trois loquets de la lourde et me laisse pénétrer le premier dans ce qui s'apparente à un local associatif.

Sur une longue table rectangulaire, des gobelets en plastoc, des verres à patte, des bouteilles de pinard vides, un reste de quatre-quarts et toutes sortes de miettes issues d'un gueuleton.

— On traîne pas ! me prévient Seb.

J'avoue ne jamais avoir vu le soce aussi stressé, lui, le gars froid, burné et fier. Alors qu'il se speede au fond du local pour ouvrir une deuxième porte blindée, je scanne quelques bouquins rangés dans la bibliothèque de la salle, des pamphlets nationalistes, des manuels d'instruction TTA et des ouvrages de Julius Evola[1].

Seb ouvre le passage, nous nous y engouffrons et descendons un escalier en colimaçon.

— Mais en fait, c'est quoi ici ? je questionne le poto.

— Tu vas voir, Zarca ! Tu pourras en parler dans ton guide, ça fera chier les valets du système dans leur falzar. Par contre, balance pas l'adresse d'ici sans quoi on retrouvera jamais ton macchabée.

---

1. Philosophe italien du XXe siècle dont l'œuvre a été reprise par les milieux néofascistes et néonazis.

— Ça va, Seb, j'suis pas con !

Nous atterrissons dans une immense cave à picole blindée de vins et de liqueurs. Sur ma vie, les fafs se mettent archibien ! Seb m'entraîne dans un couloir étroit, on se croirait dans une base souterraine anti-atomique – enfin, l'idée que je m'en fais.

— Alors Zarca, explique-moi ! le frangin engage la conversation. T'as des emmerdes ?

— Ouais, on peut dire ça !

— Tu sais, si t'as besoin, j'suis là !

— Cimèr Seb, c'est cool mais pour l'moment, faut que j'éclaircisse deux ou trois trucs ! J'suis sûr de rien mais ouais, si j'ai besoin, j'te dirai…

Nous accédons à une pièce bordélique où sont entassées des boîtes en carton, des sacs de sport et des valoches. Le pote ouvre un énorme coffre, apparaît sous mes yeux un arsenal de guerre comme je n'en ai jamais vu de ma putain de vie : pepons, brelics de toute sorte, automatiques, mitraillettes, je rodave même une grenade à fragmentation dans ce bazar. Putain de sa race ! Seb attrape un pushka noir à la crosse nacrée, me le tend :

— Tiens ! C'est un 11,43, tu sais t'en servir ?

— Ouais, t'inquiète !

J'attrape le gun et le planque sous ma ceinture, Seb s'empare d'une boîte en carton rangée sur une étagère :

— Là-dedans, t'as une vingtaine de balles !

— Impec' !

— Si jamais tu t'fais péter avec, tu racontes aux flicards qu'tu l'as récupéré chez ton grand-père…

— Yes !

— Bon allez, on traîne pas !

Nous rebroussons chemin, passons à nouveau par la cave à pinards pour remonter l'escalier qui mène au local.

— Commande un taxi ! me fait Seb.

Je m'exécute, ouvre l'application Uber sur mon téléphone et commande un driveur. Smaïn sera là dans trois minutes. Seb referme la porte du bunker.

21

CHÂTEAU-ROUGE, LE KAINFRI DISTRICT

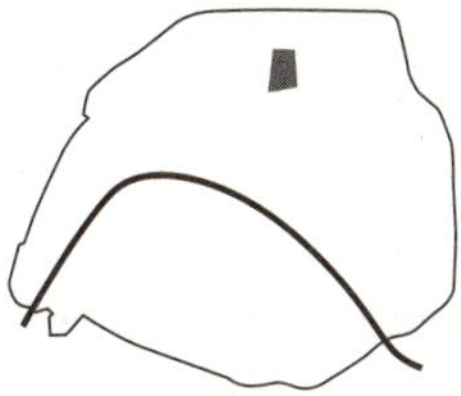

Nous avons choisi la fin d'aprèm pour opérer. Bibo, lui, arpente le boulevard Barbès et les rues avoisinantes entre deux escales chez le rebeu pour se réapprovisionner en tise. Comme d'hab, le gros zbeul occupe les alentours du marché Dejean : des mamas bicravent à la sauvette leurs cames habituelles – sapes, bouffe, bouteilles de jus de gingembre et de bissap, shampooing, produits de beauté –, quelques épaves sillonnent le secteur en quête de carburant et les tapins, des jeunes renoies pour la plupart nigérianes et ghanéennes, rappliquent petit à petit sur les trottoirs de la « No-Go Zone », comme disent si bien les cainris. Des tireurs, postichés sur le boulevard Bezbar et à la sortie du métro, essayent de revendre des téléphones carottés.

Komar et moi déboulons dans la rue Poulet, rue qui porte archibien son blase tant les keufs y vadrouillent. Par mesure de précaution, pour éviter de me faire rodave par des mecs du coin, je me suis calé un bob sur le crâne et j'ai enfilé un vieil ensemble Lacoste hérité de mon grand-père. Komar, lui, joue à fond le mode ninja avec son fute noir, ses shoes noires, son sweat noir et son sac à dos noir.

— Téma, il crèche dans cet appart ! Je désigne au pote une fenêtre située au quatrième étage d'un immeuble à la façade craquelée, posté entre une boucherie muslim et un salon de coiffure afro.

La tête levée, Komar fait un tour sur lui-même, puis chouffe la rue de long en large. J'active aussi mes radars et, stressé, éclate une clope made in Bezbar à l'arôme de foin avarié. Trois renois passent devant nous, fringués comme des pimps à la Iceberg Slim : chapeaux melon, costards et pantalons aux couleurs flashies, pompes croco, lunettes de flambeurs. Des sapeurs congolais. Exotiques si tu veux, mais trop cheums quand même !

— Bon alors ? je sonde le coéquipier. T'as un plan ?

Komar se gratte le menton comme un scientifique puis vient se caler à l'entrée du bâtiment dressé face à celui de Kays. La pluie commence à tomber, je plains Bibo en l'imaginant tourner dans le périmètre sous la sauce. Komar scanne à nouveau les environs, ouvre la lourde de l'immeuble à l'aide d'une clef – en réalité, un passe PTT utilisé par les postiers et les caroubleurs.

Je jette ma clope, nous pénétrons dans la cage à rats. Une odeur de peinture fraîche me tortille les naseaux. Sa mère comment ça daube ! Komar s'aventure dans le hall, je lui emboîte le pas. Nous empruntons l'escalier qui mène aux étages supérieurs, un escalier poussiéreux et recouvert d'une bâche transparente. Nous atteignons le premier étage, une petite renoie tiffée de tresses, plantée sur le palier d'un appart, nous adresse un « bonjour » enjoué. Nous grimpons au deuxième, au troisième, au quatrième, le foutoir du quartier résonne jusqu'à nous entre les klaxons, les sirènes et les hurlements de la ville. Nous débarquons au cinquième, mes jambes et mes poumons fatiguent déjà. Je marque une pause, Komar me taille :

— Ben alors L'Écrivain, c'est dur ? Faudra que je t'emmène street workouter au parc de la Villette, je t'ai connu plus robuste. Écrire des livres c'est bien, mais en temps d'guerre, c'est pas avec les touches de ton clavier d'ordi qu'tu vas vaincre l'ennemi.

Nawak, le mec ! Sans vouloir me la raconter, s'il goûtait à mon direct du droit et à mes kicks, Komar ne parlerait pas comme ça. En vrai, avec mes bronches carbonisées, il me manque surtout de l'endurance mais ne t'inquiète pas pour mon niveau de fritaille.

Le poto et moi arrivons au septième et dernier étage. Komar ouvre une porte dépourvue de serrure, nous découvrons un débarras où sont entassés des cartons, des vieux meubles, des balais, une échelle en bois et tout un tas de bidules brisés ou inutiles. Au-dessus de nos têtes, une trappe. Komar saisit l'échelle et la plaque contre le mur du fourre-tout. Je récupère mon sachet de cécé dans mon calcif et enfarine un vieux meuble pourri. Je trace deux énormes poutres à l'aide d'une carte de fidélité de je ne sais plus quel grec et utilise un bifton pour m'envoyer les lignes dans le nez.

— Tu t'arrêtes jamais, toi ! Komar s'en mêle.

Le soce grimpe à l'échelle, ouvre la trappe et disparaît sur le toit de l'immeuble. À mon tour, j'escalade le débarras, atterris sur une terrasse idéale pour un barbeuk sauvage, offrant une vue inégalable sur Paname City. Sans perdre une minute, Komar sort une paire de jumelles de son sac à dos et se met à épier l'immeuble de Kays, allongé sur le ventre façon G.I.

— Tu vois quelque chose ? je lui demande.

Le frère m'ignore quelques secondes puis d'un coup, s'excite :

— Putain d'sa mère !

— Quoi ? Quoi ? Tu vois quoi ?

Il rabaisse sa paire de jumelles, me lâche un smile :

— J'vois que dalle !

— Putain, Komar ! je me vénère. Sérieux, t'es un enculé !

C'est vrai, je ne suis pas d'humeur à plaisanter, j'ai autre chose à foutre que de supporter ce genre de conneries.

— M'embrouille pas, L'Écrivain ! J'vois que dalle chez ton gadjo… Y a personne dans l'appart, enfin j'crois.

J'éclate une Malborobled.

— Bon, alors, Komar, on fait quoi ?

— Ben, on peut toujours visiter sa casbah, voir si on trouve quelque chose.

S'incruster chez Kays, poussé par mon intuition mais sans aucune certitude… Je n'avais pas prévu cette mission dans mon programme.

Mais bon, vie de merde pour vie de merde, autant la tenter à la one again…

S'introduire dans un appart, comme ça à l'arrache, est une première pour moi. J'avoue, je stresse mais en même temps, ma détermination est sans limite. Trop d'éléments m'indiquent que Kays est à l'origine de l'overdose de Dina, de la tentative de meurtre dont j'ai été victime, de l'inspection de mon teum-teum. De toute la hass subie depuis cette soirée à porte d'Auber.

Nous débarquons dans le hall d'entrée de l'immeuble et grimpons au quatrième. Mon palpitant s'emballe, effet sans doute amplifié par l'accumulation de chnouf dans mes artères.

Posté en retrait, je laisse Komar opérer. Il sonne à la porte de chez Kays pour sonder le terrain. Si quelqu'un ouvre la lourde, le pote invente un bluff, joue la carte du témoin de Jéhovah ou une connerie dans le genre. Si personne ne se manifeste, nous tentons l'effraction. Nous poireautons une trentaine de secondes, Komar me fait signe de radiner. Je m'exécute, ramène mon boule sur le seuil de chez Kays.

Le soce dézippe son sac, j'aperçois un mini-pied-de-biche que Komar délaisse au profit d'une grande enveloppe blanche estampillée « Hôpital Saint-Louis ». Il en extrait une radio des poumons, se baisse et la glisse comme un expert entre la porte et le bâti.

— On va voir si on peut faire ça proprement !

Il remonte la radiographie jusqu'à la serrure, bricole je ne sais quoi avec cette putain de lourde. En alerte maximale, je guette le couloir du quatrième étage. Allez cousin, grouille tes morts ! Je stresse sa mère… Des secondes interminables s'écoulent avant que le frère finisse par ouvrir la porte. Nous nous infiltrons dans l'appart sans perdre de temps. Je m'aventure dans le salon, des bouteilles d'alcool – vides pour la plupart – et des cendars bondés de mégots traînent dans les quatre coins de la pièce. Une vraie porcherie ! Des magazines de moto, de tuning et de MMA sont dispatchés un peu partout sur une table basse rectangulaire, à côté d'un MacBook Air à l'écran maculé de tâches suspectes.

Komar disparaît dans la piaule d'à côté. Et là, sur une étagère placée au-dessus du frigo, je scotche sur une photo de Dina affichée dans un cadre noir laqué. Le sourire aux lèvres, les tifs attachés et des Ray-Ban de flambeuse sur les yeux, ma frelonne porte une belle robe noire moulante et décolletée par-dessous une veste en cuir blanche. Elle est magnifique. Je m'avance pour reluquer la tof de plus près, Dina semble me chiner de son regard de diablesse. Elle essaye de me parler, de me dire quelque chose. Dis-moi, Dina ! Dis-moi !

Putain, il faut vraiment que j'arrête la défonce, je pars en couille là !

Le bruit de Komar en train de foutre le ghetto dans la chambre voisine me délivre de ma matrice. Je le rejoins dans la piaule, ce narvalo fouine dans les tiroirs d'une commode en bois.

— Komar, tu cherches quoi ici ? Des slibards ?

— On sait jamais…

Je me baisse, regarde sous le plumard. Rien, à part trois renifleuses et une revue de moto. Komar récupère un appareil photo numérique dans la commode, l'allume et jette un œil sur les clichés. Je me redresse, mate par-dessus l'épaule du frangin. La première tof présente Dina, à poil sur un canapé, les beujes écartées et un splif au bec.

Dina…

Positionnée en doggy sur la deuxième photo, elle tient en bouche un énorme gode noir. Elle faisait du porno avec son mec, ça je le savais. Sur les photos suivantes, elle pompe le dard de Kays, l'enjambe, le suce à nouveau, lui gobe les burnes, lui offre ses nichons, lâche un sourire barbouillé de foutre, se fait enculer pendant qu'un jeune blanc-bec lèche les baloches de son mec. Erik avait raison, Kays est un peu dèpe. Chelou que Dina ne m'en ait jamais parlé, on se racontait tout.

Komar continue de parcourir les tofs. Une soirée dans un appart, un clebs ultramoche ressemblant à une hyène, un biceps contracté et tatoué d'un motif maori, Kays et son petit frère Walis, Kays et ses potes, Kays en train de trinquer… Avec Patrick, le proprio du sex-shop *111*.

Putain, j'hallucine !

— Vas-y, enchaîne ! je presse Komar. J'veux voir là…

D'un coup, des voix retentissent sur le palier de l'appartement. Une conversation entre deux types, peut-être plus. Merde ! Direct, Komar et moi filons dans le salon pour dénicher une cache, alors que quelqu'un tourne une clef dans la serrure de la porte d'entrée. J'ouvre une armoire – en fait, une penderie – Komar et moi nous planquons à l'intérieur.

Serré contre le pote, je tremble. À même pas deux mètres de nous, des mecs tchatchent dans le salon, dans un mélange de français et de rebeu.

— J'suis pas d'humeur ! je reconnais la voix de Kays, grave et enrouée. J'te jure, faut pas m'faire chier en c'moment, j'suis pas dans un bon mode.

— T'inquiète pas, roya ! lui répond une autre voix, avant de terminer sa phrase en langue blédarde.

Recroquevillé dans le placard, je sens le souffle de Komar me chatouiller la nuque. Si quelqu'un se rend compte de notre présence, au mieux nous nous faisons marbrer la gueule. Au pire, je ne veux même pas y penser. Kays et sa clique ne plaisantent pas, ces gars sont des rageouls, des mecs hargneux, des vrais youvois. J'aurais dû embarquer le calibre que Seb m'a dégoté mais je ne pensais pas terminer dans une mouscaille pareille.

Flippé, j'éteins mon portable et colle un œil contre une crevasse incrustée dans la penderie. De l'autre côté de l'armoire, quatre raclos – parmi lesquels Kays et son frangin Walis – discutent, assis autour de la table basse. Je reconnais aussi Farès « bec-de-lièvre », un Tunisien de la Pelcha condamné à sept piges de carpla, il y a au moins dix ans de ça, pour un carjacking doublé d'un homicide. Le quatrième larron du crew, un métis aux cheveux teintés façon Dennis Rodman, ne me rappelle rien.

Les quatre mecs continuent leur bavardage, je crois qu'ils parlent de putes si je me fie aux « karba » injectés dans la conversation. Salement positionné, je commence à fatiguer. Je ne tiendrai pas trois plombes comme ça, les jambes et le dos pliés. La sonnerie d'un téléphone retentit, Kays répond à l'appel :

— Ouais? Ouais, ouais! Ouais… Ouais! OK, ouais! Ouais…

Putain, paye ta conversation!

— … Ouais! Ben ouais! Ouais… Ouais, ouais, j'bouge! OK, ouais!

Un court silence s'installe, rompu aussitôt par Kays :

— Bon, il sera opé dans pas longtemps, j'trace!

Les quatre mecs se lèvent, quittent le salon. Je souffle, relâche la pression. Putain! Une porte s'ouvre et se claque aussitôt, les voix des quatre lascars se dissipent. Komar et moi attendons une vingtaine de secondes, histoire de nous assurer que plus personne ne traîne dans l'appart, avant de décamper de la penderie.

— Putain d'sa mère! décompresse le poto. C'était chaud là!

Je ne perds pas une minute, rallume mon phonetel et contacte Bibo. Un indice de plus dans l'appareil photo de Kays me conforte dans l'idée que ce tarba pourrait bien être la faucheuse de Dina. Patrick et lui se fréquentent et je me souviens très bien, lors de ma dernière nuit au *Love Hotel*, quand le proprio du sex-shop *111* a reconnu la sista. « J'la connais, ta gonzesse. Elle fait l'entraîneuse à Pigalle, pas vrai ? » Ce chien aurait très bien pu nous balancer à Kays, comme une donneuse de merde! Enfoiré! Ça y est, le plan se dessine dans ma tête.

Bibo décroche :

— Allô ? Il pleut là, et en plus il pèle.

— Bibo, écoute-moi ! Kays sort de chez lui. J't'en supplie, essaye de l'pister, grouille-toi pour pas l'louper ! Le perds pas de vue, fais ça bien et sur ma vie, j'te filerai une putain d'plaquette de shit.

— Oui ben j'te signale que j'suis déjà dans la rue d'la volaille et que je l'vois très bien avec mes yeux ! Il est avec des gars, j'fais quoi ?

— Tu l'lâches pas !

— Nan, j'le lâche pas… Il remonte la rue vers le métro là !

— D'acc ! Reste avec moi au téléphone !

— Ouais ! Il fait froid dehors, et il pleut comme vache qui pisse. Tu crois que j'pourrai l'avoir quand, ma plaquette ?

— Bibo, putain ! Déjà fais ton taf, après on parlera d'la plaquette, tu sais très bien que j'vais pas t'endormir.

— Ouais mais comme il fait froid là… Hey, ton mec là, il dit au revoir à ses amis et il grimpe sur une moto. J'fais quoi ? J'ai pas de moto pour l'suivre, moi…

— Merde ! Bon, tu vois, un jeune avec une coupe de cheveux façon Zlatan ?

— Le joueur de foot ?

— Ouais, tu l'vois ?

— Ouais, pourquoi ? C'est qui ?

— C'est son frère, Walis ! Lui, tu l'suis et surtout, tu le perds pas d'vue !

Komar et moi traversons le boulevard Barbès, je baisse la tête pour éviter de me faire repérer. Dans le quartier, Kays est connu des habitants et des commerçants, des lascars du huit-dix, des camés qu'il a alimentés durant des années et même des milieux kainfs du secteur – tapins et mamas, bicraveurs à la sauvette, escrocs sénégalais et vendeurs de khat[1]. Kays bouffe à tous les râteliers et pour tout te dire, je ne serais pas étonné de le savoir sucer les condés du comico de la Goutte-d'Or. Voilà pourquoi avec le soce, nous nous arrachons de Château-Rouge en speed et rejoignons les hauteurs du 18e, le Montmartre romantique, à l'abri du Paname underground.

Je n'arrive plus à joindre Bibo, prie pour que le pote soit en mission filature dans le métro. Le nez poudré et les nerfs à vif, je récupère mon reste de cécé dans ma poche, l'équivalent de deux ou trois rails, et glisse le sachet sous ma langue. Je reçois un SMS d'Azad « nan, ton sex-shop *111* est fermé ». Fait chier ! Je serais bien allé rendre visite à Patrick pour lui tirer les vers du pif, lui poser quelques questions et en fonction de ses réponses, le laisser tranquille ou lui arracher les burnes. Je dois le dénicher vite, je ne peux plus attendre.

Trop de chnouf coule dans mes artères et je n'ai plus les idées claires, je veux tout précipiter, déchiqueter, défourailler.

J'appelle Erik, lui lâche un message sur son répondeur : « Erik, gros, c'est Zarca ! Dès que t'as mon message, active ton réseau et essaye de m'trouver

1. Plante psychotrope originaire d'Éthiopie, aux effets comparables à ceux de l'amphétamine.

Patrick du *111* ou bien d'me dégoter son adresse. Je t'expliquerai mais c'est ultra-urgent. J'le cherche, aide-moi mon poto ! » Parmi tous les contacts de mon pote, pédés de l'Underground, chbèbs de backroom et barebackers, Erik doit bien pouvoir retrouver la trace de Patrick. Komar et moi longeons la rue Myrha et remontons la rue de Clignancourt, je largue une galette devant le bar à chicha des frères jumeaux.

— Ça va gros ? s'inquiète le soce.

Je m'essuie la tronche avec la manche de mon zomblard.

— Impec !

— On fait quoi maintenant, L'Écrivain ?

— On retourne chez toi, j'récupère mon calibre.

22

LE GOUFFRE, LA BACKROOM DE MONTPARNASSE

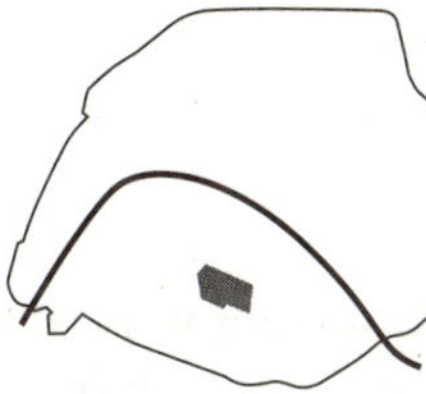

J'attends ma poudre depuis presque quatre plombes. Le manque de coke me crève, me dépite et m'enrage. Pour essayer de compenser la dèche, j'ai pilé deux Guronsan avant de les sniffer. Un conseil : n'essaye pas. À part t'enculer les narines, le médoc ne remplacera jamais une trace de chnouf. Au final, pour supporter la descente, j'ai avalé trois cachetons codéinés. C'est toujours mieux que rien mais ça brutalise le bide et provoque des coulantes. Sans rentrer dans les détails, j'ai galéré trois quarts d'heure sur le trône.

Depuis notre retour à la piaule de Komar, j'ai passé mon temps à harceler Slim pour qu'il vienne vite me réapprovisionner. En plein taf, le soce a fini par couper son portable, m'a répondu il y a seulement quelques minutes qu'il n'allait pas tarder à rappliquer.

Je fume bédo sur bédo, alterne la skunk de Komar et le shit de Belleville. Azad, lui, hiberne comme un ours sur le matelas du soce.

Il est quelque chose comme 23 h 30 et je reçois le coup de fil d'Erik.

— Ouais, Erik ?

— Loup ! C'est bon, j'ai trouvé l'info qu'tu cherchais. A priori je sais où est Patrick…

Nickel !

— Super, il est où ?

— Bon… Mais en fait explique c'que tu veux faire !

— Vas-y Erik, dis-moi !

— Ben en fait, le truc c'est qu'apparemment, là, il est à Montparnasse… Au *Gouffre.*

Le Gouffre.

J'ai longtemps cru que cette backroom clandestine chlinguait la rumeur, la légende urbaine, un folklo de l'Underground parisien.

À moi de vérifier.

Il est minuit passé, Slim m'a récupéré à Châtelet et m'accompagne à Montpar. Je n'ai pas attendu pour entamer sa cécé. À peine assis dans sa caisse, je me suis envoyé une maxi poutre dans le zen. Sa coke est bonne, comme d'hab, et je reprends du power. Seulement, dans un élan de rage sans doute amplifié par la substance, j'ai balancé à Kays un texto enragé : « Vu que tu réponds plus à ton portable depuis la mort de Dina alors que j'essaye de t'joindre, j'imagine que t'as des choses à t'reprocher. Il va falloir que tu t'expliques, mon gars, ça va partir en sucette. »

Dans la Merco du frangin, mon corps n'est qu'une pierre. Contracté à bloc de la tête jusqu'aux chlops, mon esprit vogue entre la rage et le flip. Je ne vais pas te mytho, je balise à l'idée de me pointer au *Gouffre*, seul, après tous les détails sordides que j'ai pu entendre sur cet endroit. J'aurais préféré esquiver cette mission mais il n'est pas question pour moi de faire marche arrière.

Slim me dépose à l'entrée de la rue Daudet[1], une rue à sens unique plongée dans l'obscurité.

— Roya, je t'attends ?

— Ouais Slim, j'veux bien !

— Mais alors, tu m'as pas dit c'que t'allais faire… C'est quoi, ton endroit là ?

— Oublie !

Je tchècke le frangin, m'arrache de la tire et m'aventure dans la ruelle. Un silence hallucinant plane ici, en plein cœur de Paname. Derrière un grillage fait de fils barbelés, un chantier laissé à l'abandon. Au beau milieu des monticules de terre, des sacs de sable et des bouts de ferraille, se dresse un bâtiment en construction. Je reconnais l'endroit décrit par les ragots diffusés dans l'Underground. C'est ici.

Pas un pèlerin ne rôde dans le périmètre. Je ne vois personne, ni dans le terrain vague, ni dans cette voie étroite et sombre que les éboueurs semblent boycotter. Ma parole, on se croirait dans une rue coupe-gorge de Bogota, une oasis de crasse en plein cœur du 14e. Des ordures traînent dans la rue, les trottoirs sont craquelés et les réverbères flingués. Sa race !

1. Le nom de la rue a été modifié.

J'éclate la dernière garot de mon paquet, la savoure comme si je fumais la dernière de ma vie.

Peu ambiancé, je scanne le secteur et siffle :

— Yo ! Y a quelqu'un ?

D'un coup, les phares d'une caisse estampillée « Police nationale » éclairent la ruelle. Merde, putain ! Seul dans ce cloaque, cramé à dix bornes avec ma capuche remontée sur la tête et ma barbe de plusieurs semaines, pas besoin d'un sixième sens pour m'accoler l'étiquette de mec suspect. Et là, je me dis que je nage en pleine chiasse avec ma chnouf et mon shit au fond de mes poches et, surtout, mon gun planqué sous ma ceinture.

La tire ralentit à ma hauteur. Je détourne le regard, réfléchis à deux cent à l'heure, songe à piquer un sprint et même à l'éventualité de dégainer mon calibre pour canarder ces putains de lardus. Pas question d'interrompre ma mission. Par chatte ou miracle, les keufs continuent leur route, tournent au bout de la rue et disparaissent de mes radars. Putain de sa race ! Si je croyais en Dieu, j'irais cramer un cierge ou des bâtons d'encens, me foutrais une calotte sur la tête, prierais en direction de La Mecque ou du Mur des lamentations, lâcherais 500 dolls à Raël.

— Hey toi ! me surprend une voix androgyne, derrière moi.

Je sursaute et tape un 180, me retrouve face à un pouilleux à la ganache ravagée. Des pompes et des sapes trouées, des longs veuches ébouriffés et sales, une peau grasse, des joues creuses et un regard de foolek, l'épave me sourit de son bec dépourvu de chicots. Hardcore !

Surpris, je serre les poings, prêt à le marbrer :

— Qu'est-c'que tu veux, toi ?

Immobile, le zig conserve son smile. Putain, paye ta gueule de taré !

— Tu veux quoi ? je répète. Pourquoi tu m'témas comme ça ?

— On y va ?

— Quoi ?

— Au *Gouffre*... On y va ?

Complètement cramé de la tête, celui-là ! Si le baisodrome n'abrite que des barjots comme lui, ça va être la grande teuf à l'intérieur. Fait chier !

— Tu sais par où on entre ? je le sonde malgré ma méfiance.

Son sourire édenté ressurgit sur sa ganache :

— J'te suce à fond si tu veux !

Putain !

— OK, dis-moi d'abord par où on entre !

Le zombie se baisse, attrape le grillage et le soulève de sa main droite. Fier de son exploit, il glisse une pince dans ses tifs et m'adresse un gros clin d'œil de baltringue :

— Après toi !

Je me faufile sous la clôture, le gueuche s'engage à son tour dans ce merdier. Je ne perds pas de temps, traverse le terrain vague et rejoins le bâtiment en contruction, garde un œil sur le lobotomisé collant comme un clebs en rut.

Ça pue la mort ici.

— C'est quoi ton nom ? me questionne le chtarbé. Hein, tu t'appelles comment ?

Je ne le calcule pas, trace ma route.

— Tu veux pas m'répondre alors j'vais t'appeler Édouard !

Je débarque à l'entrée du *Gouffre*, une porte noire rouillée, cabossée et recouverte de taches de peinture, de tags et d'une énorme croix gammée. En haut de la lourde, une inscription gravée au schlass ou à la clef : « fo pa y alé ».

Sa race !

— Édouard ! Édouard ! J'vais t'enculer, Édouard ! J'vais t'baiser comme un cochon et te…

Direct, je flanque à l'épave une golden dans la bouche, le fils de pute se rétame sur le sol sablonneux. Sans pitié, je plonge à terre pour le finir en ground and pound, lui balance un steak dans la face, puis deux, puis trois, puis quatre… Dix, onze, douze… Je l'éclate, lui envoie trois coudes et deux coups de plafond.

— T'es mort, enculé !

Je le défonce encore et encore, ne cesse de me défouler sur ce crevard, l'expédie dans le coma. Le corps contracté à balle, le poing droit flingué, je me relève et ajoute un penalty dans la boîte crânienne de ce chien. Je pense à Dina, récupère mon sachet de coke et me le vide dans la bouche.

L'Underground, c'est moi.

J'ouvre la porte d'entrée du *Gouffre.*

Au moment où je franchis le seuil de la backroom, une odeur dégueulasse vient me brutaliser les narines, un mix de merde, de foutre et de transpi. Bordel, ça daube à mort ! Sensible à la puanteur, mon estomac se tord et je manque de lâcher une galette sur le ciment.

Trash, putain !

Je laisse la porte ouverte derrière moi pour aérer la porcherie, un fond d'électro hardcore résonne un peu plus loin, mêlé à des bruits chelous, des hurlements, des rires et des plaintes.

Je ne dois pas traîner là.

Trouver l'autre bâtard, vite.

Et arrêter de serrer la mâchoire comme un guedin, putain !

Des gouttes d'eau – j'espère que c'est de l'eau – me tombent sur le crâne. Je m'essuie le caillou et m'enfonce dans *Le Gouffre*. Des tuyaux et des câbles électriques jaillissent de ces murs craquelés, une ampoule grésille au plafond. Je mets un petit temps avant de remarquer ce type en slibard, assis par terre à l'entrée du corridor d'où proviennent ces cris et l'électro. Une seringue à la main, le mec s'offre un slam, comme ça, à la bat les couilles. Je m'aventure dans le couloir.

L'amertume de la cé me remonte à la gorge, je largue une flaque de bile dans la darkroom. Putain ! La chaleur du *Gouffre*, étouffante et humide, rend cette atmosphère de plus en plus oppressante. Je me colle des tartes dans la gueule pour me ressaisir, longe le tunnel dont je ne vois pas le bout. Dans des salles grandes ouvertes, des silhouettes entrelacées s'adonnent à des pratiques hard et crades. Un type accroupi astique trois chibres. Plus loin, un raclo attaché à une croix de Saint-André se fait tarter la tronche, un travelo fourre un gars installé sur une sorte de balançoire, un mec cagoulé en fiste un autre, un soumis penché au-dessus d'une gamelle graille je ne sais quoi et je ne veux pas le savoir. Des conversations crues et des insultes fusent de tous les côtés.

J'utilise la lumière de mon phonetel pour éclairer ce foutoir, m'aperçois que je n'ai pas de réseau. J'inspecte une salle équipée d'un glory hole où des mecs se galochent, sucent et s'enfourchent, puis je scotche sur une silhouette maigrichonne aux tifs longs jusqu'aux épaules. Je m'approche du type… Ouais, c'est lui ! Patrick.

Je réagis direct, lui envoie une balayette. Le bâtard se rétame sur le ciment.

— Toi, fils de chien ! Faut qu'on parle !

Patrick paraît complètement défoncé, un sourire de perve figé sur son visage.

— L'Écrivain ! Qu'est-c'que tu fais là mon biquet ?

Une dizaine de mecs viennent d'interrompre la touze et s'agglutinent autour de moi. La rage aux tripes, je ne me laisse pas impressionner par ces chacals, reste connecté sur l'enfant de putain.

— Alors comme ça, tu connais Kays ?

Patrick éclate de rire, alors qu'une main m'attrape la tête et me la propulse violemment contre un mur. Le choc résonne dans mon casque, je m'écroule sur le sol de la backroom. Merde ! Putain de merde ! Je n'ai pas vu le truc venir. Penchées au-dessus de moi, des gueules de diksas m'observent comme une proie à fourrer. Bordel…

Patrick se relève, me lorgne un moment et se tâte le paquet :

— Ben alors L'Écrivain, qu'est-ce qui t'prend de venir ici ? C'est une sacrée idée d'merde pour un gaillard aussi bandant qu'toi, de nous livrer ton cul sur un plateau d'argent ! Au *Gouffre*, personne viendra t'chercher, t'es à nous…

La tronche dans le cosmos, j'essaye de reprendre mes esprits.

— … On aime bien, nous, les gars comme toi, vaillants, virils ! On adore ça, nous…

Des rires.

— … Tu sais L'Écrivain, faut qu'tu saches une chose : on va tous te baiser à la chaîne, t'baiser et encore t'baiser. Tu vas crever ici, L'Écrivain ! T'entends ? Ton cul va saigner, L'Écrivain ! Bienvenue dans l'Underground…

Dina…

— Pa… Patrick ! je l'interromps. Tu connaissais Dina ?

L'enfoiré taxe du poppers à un renoi balafré au visage, décapsule le flacon et inspire les vapeurs toxiques :

— Dina, la pute avec qui tu pointais au *Love Hotel* ? Ouais, j'la connaissais, pas personnellement mais j'voyais très bien qui était cette gonzesse, j'connais bien son mec. Tu sais, Paris c'est un village, une grande famille… Et pour répondre à la question qu'tu vas me poser, j'te le confirme, ça n'a pas fait plaisir à son Jules de savoir que tu t'la tapais. Ouais L'Écrivain, j'ai mis Kays au courant, c'est un ami et toi, une saloperie. Et pour répondre cette fois-ci à la question que tu n'vas pas m'poser, ouais, on va t'briser les dents pour t'éviter de mordre ce qu'on va t'fourrer dans la bouche…

Pauvre merde !

Je sors mon calibre, tire une bastos dans les burnes d'un keum, une seconde dans une jambe, une dernière dans une tête. Dawa complet, des hurlements retentissent dans la backroom, les mecs se bousculent pour s'éclipser de la salle. Je me redresse, la tête lourde. Le sourire de Patrick s'efface de sa tronche.

— Patoche… J'peux t'appeler Patoche ? Tu vas pas t'pisser dessus, Patoche ?

Je m'avance vers le tarba, braque le canon de mon pushka entre ses yeux.

— S'te plaît, L'Écrivain… J't'en supplie…

Étalés au sol, trois branlos. L'un hurlant et se tenant la cuisse, un autre déjà dans le box des accusés du Jugement dernier.

— C'est Kays, qui a buté Dina ?

— Écoute L'Écrivain… J'sais pas ! grelotte le cafard. Je… J'suis pas au courant d'tout ! Mais… Mais… Mais je peux m'renseigner facilement…

— Cimèr mais pour répondre à la question qu'tu vas pas m'poser, j'me renseignerai tout seul.

Je lui plombe le cerveau.

23

GHETTO MÉNIL'

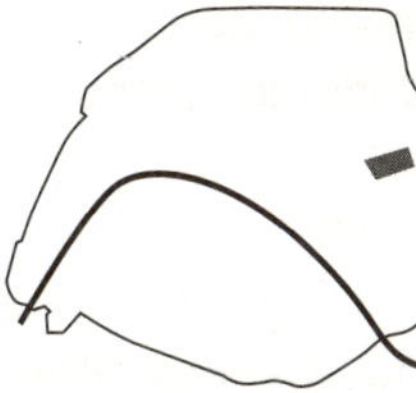

Slim et moi débarquons dans le 20e au petit matin. D'après le poto qui regrette maintenant de m'avoir tuyauté, les petits de Ramponeau poursuivent leur soirée dans la rue des Amandiers, avec leurs potes de la Banane[1].

— Roya, c'est une connerie ! Slim essaye de me dissuader. Ils vont t'marave, sans pitié, et j'pourrai rien faire pour toi. Aujourd'hui, les tipeus n'respectent plus les anciens, c'est pas comme avant. Ils vont s'en battre les couilles, de moi.

— Il t'reste de la cécé ? je sonde le soce.

— Quoi, t'es sérieux ? J't'ai lâché un meuge tout à l'heure.

— Je sais, mais j'l'ai kické.

1. Quartier de Ménilmontant.

— Déjà ? Fais bélèk frère, ton cœur il va sauter, tu vas rien comprendre.

Slim plonge une main dans son calfouète, en déniche un sachet qu'il me refile aussitôt. Tendu comme un piquet, j'allume une gainze. Ménil' émerge tout doucement de sa torpeur, réveillé par les charbonneurs de l'aube et l'ouverture des premiers bistrots. Nous passons devant le *Saint-Sauveur* – ce rade et QG des antifas de Paname –, Slim revient à la charge quand nous tournons dans la rue des Panoyaux :

— Roya, j'te jure que c'est une mauvaise idée. Écoute-moi, ils vont t'goumer !

— J'suis pas un mec fragile, Slim !

— C'est une connerie, putain ! À cette heure-ci en plus, obligé, ils vont être déchirés ! Vas-y, j'te ramène chez ton pote !

— Nan, c'est mort ! Si tu veux pas m'accompagner, tu m'déposes ici et j'fais le chemin à pied.

Je ne sens même plus l'œuf de poule qui a germé sur mon front après l'impact de ma tronche sur le mur de la backroom. Bande d'enfoirés de chbèbs ! Je déchiquette le sachet de coke avec mes canines, me farine le poignet gauche et m'envoie la substance dans le zen. Nous déboulons aux portes de la tèce, le cousin gare sa gova.

Aujourd'hui, j'ai du raisiné sur les mains. Je suis officiellement un meurtrier, un killeur. Il y a une heure, je plombais des types dans le baisodrome le plus crade de la capitale. Maintenant que j'ai ouvert la boîte de Pandore, plus rien ni personne ne m'arrêtera. J'irai jusqu'au bout, quitte à clamser.

— T'es sûr de c'que tu fais ? me teste une dernière fois le frelot.

Je décampe de la tire :

— Attends-moi là !

— Roya…

Je claque la porte de la Merco, m'aventure dans le ghetto. Attroupés au pied d'une tour, en effet, une bonne dizaine d'ados se pillavent la tête dans le froid matinal, bédavent et braillent comme des dingues. Clair, ils ont l'air bouillants ! Je m'approche d'eux, les petits arrêtent d'aboyer, me regardent un court moment.

— Hey, c'est l'fils de pute du tromé ! s'excite le gamin moustachu avec qui je m'étais accroché dans la ligne 2. C'est c'bâtard là, téma !

— Ah ouais, l'fils de chien du 18e ! s'engraine un renoi d'à peine quinze berges, grand et tout sec.

— On va t'niquer, toi ! m'avertit un autre gosse, rebeu énorme au nez en trompette.

Ça commence dur.

— Les mecs ! Je tente de les calmer. Écoutez-moi, deux secondes !

Je reçois une canette sur l'épaule, les petits s'avancent vers moi.

— Les gars, putain d'merde ! Sérieux, écoutez-moi !

— Ouais, tranquille ! Slim surgit derrière moi. Écoutez Zarca, c'est un bon !

— Vas-y, toi ! Le moustachu rembarre le pote. Pourquoi tu lui suces la bite tout l'temps ?

— J'lui suce la bite de rien du tout, c'est un soce, j'le connais depuis plus d'vingt piges !

— Et alors ? J'm'en bats les steaks, moi, qu'tu l'connaisses ! Ton fils de pute, là, il traîne avec les salopes du huit-dix.

Une bouteille de JB éclate à mes pieds, je décide d'en venir vite aux faits avant que l'embrouille dégénère en lynchage :

— Les bâtards du huit-dix, comme tu dis, j'leur chie dessus. Et Walis, le bâtard que vous cherchez, j'vous conduis tout d'suite jusqu'à chez lui. Si vous voulez régler votre dièze une fois pour toute…

— Alors vas-y, crache ! Dis où il habite, l'autre enculé ! On y va maintenant !

24

LE SQUAT DE STALINCRACK

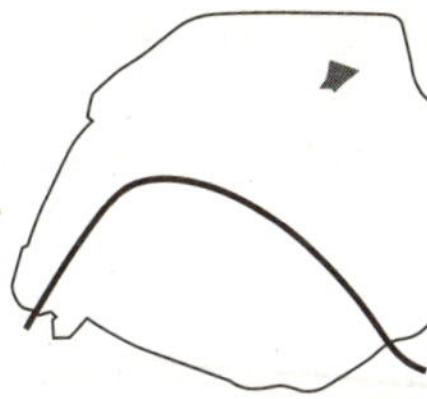

J'émerge de mon coma un peu après 23 heures, seul dans la piaule de Komar, et la première chose à laquelle je pense est de m'enfiler deux grosses poutrasses dans le nez pour me rebooster. Crevé et courbaturé après ces trente plombes d'hibernation, je n'attends pas pour me mettre à l'ouvrage, récupère mon sachet dans une poche de mon jean et me trace deux énormes lignes sur la commode de la piaule. J'enroule un bifton, renifle la came… Sa mère ! Je me précipite sur l'évier pour ingurgiter un peu de flotte et me débarbouiller la gueule.

La ganache de Dina se dessine dans ma caboche. Les yeux cernés, le teint pâle et les cheveux hirsutes, elle a chopé une sale crève, une espèce de grippe qui la cloue dans son plumard. Mais même à l'arrache, Dina reste belle gosse.

Putain, je pars en couille là !

Je pécho mon portable sur la table de chevet et contacte Komar, le srab décroche aussi sec :

— Ouais, Zarca ? Alors, réveillé ?

— Komar… T'es où ?

— J'suis avec Azad, on croque un morceau et on arrive.

— OK !

— À toute !

J'attrape mes sapes jetées en boule sur le parquet, enfile mon fute, mon T-shirt et mon sweat à capuche. J'allume une clope, pose mon cul sur le pieu de la chambre. Ce soir, je compte m'incruster chez Kays et le cuisiner bien longtemps avant de le dessouder. J'en suis convaincu, ce chméta a buté Dina et il va le payer très cher. Ce chien va clamser la gueule ouverte.

Je cherche un cendar dans la piaule et faute d'en trouver un, balance mes cendres dans une tasse à café. Une odeur de transpi remonte jusqu'à mon pif. Je fouette. La bougeotte me gagne, sans doute à cause de la cé. Je me relève, attrape mon gun sous le plumard et introduis trois suppos dans le chargeur. Mon portable sonne, le numéro affiché sur l'écran de mon téléphone ne m'évoque rien. Je décroche :

— Allô ?

— Zarca ?

— C'est qui ?

— C'est Bambou… Ousmane !

Le frangin de Baccari, le crackton de Paris Nord.

— Ousmane… Tu fais quoi ?

— Zarca ! Faut que j'te voie là ! Tout d'suite !

— Vas-y, explique !

— Justement, j'vais t'expliquer mais faut qu'tu me rejoignes tout d'suite.

— T'es où, Ousmane ?

— Au squat de la rue de Tanger ! Viens, maintenant !

Les toxs commencent à rappliquer sur la place Stalingrad, « le village ». Dans deux plombes, ici ce sera le festival du crack, le Disneyland de la galette, la foire au biscuit. Mais pour l'heure, ces quelques gueuches qui investissent le secteur se fondent dans la masse de pélos de passage, de clandés et de branchouilles acoquinés au *25° Est*[1].

Il y a vingt piges de ça, le coin de la Rotonde ressemblait déjà à une plaque tournante du Ferrero jusqu'au jour où les riverains, vénères, ont contraint les pouvoirs publics à karchériser le spot. Crackopolis s'est transformé en flicopolis, les camés ont alors déserté la place pour la gare de Saint-Denis, alias « Zombiland ». Puis rebelote, les schmitts ont nettoyé la gare de Saint-Denis en 2009 et les toxicos ont regagné la Rotonde ou migré vers d'autres zones périphériques.

Je contacte le frère de Baccari. Sans succès, le gus ne répond pas à mon appel. Il avait beau me speeder au téléphone, Oussou est foutu de me zapper si la quête du caillou l'attire vers un autre spot. J'espère qu'il ne va pas me foutre un plan galère. J'ai autre chose à branler, comme partir en incursion dans la rue Poulet pour rendre visite à Kays.

J'emprunte le boulevard de la Villette, bifurque dans la rue de Tanger. À l'ancienne, le secteur

1. Bar branché.

comptait masse de squats mais la mairie en a fermé la quasi-totalité. Il reste encore celui de Tanger et ceux de la rue d'Aubervilliers mais pour combien de temps ? L'Underground panamien crève à petit feu.

Je marque une halte chez le rebeu – en vrai, il est soudanais – pour m'acheter un paquet de Chipsters. Je n'ai presque pas damé ces derniers jours et mon estomac réclame sa pitance. Je sors de l'épicerie, continue mon chemin en bouffant les pétales d'apéro, termine le paquet en trente secondes chrono.

Je m'arrête devant le squat, un ancien immeuble haut de quatre étages tagué, crevassé, défoncé de partout. En guise de fenêtre, des sacs-poubelle ou des volets moisis. Va piger pourquoi Oussou m'a filé rencard là-dedans. Encore un plan chelou… L'absence de chaîne et de cadenas sur la porte d'entrée du teusqua m'indique que l'accès au taudis a été rouvert, une fois de plus.

Je scanne la rue – les dèks sillonnent souvent le périmètre –, jette mon paquet de Chipsters sur le trottoir et me magne le cul pour pénétrer dans le squat. Je referme la lourde derrière moi et atterris dans le hall d'entrée lugubre, poussiéreux, rempli d'ordures et de toiles d'araignées.

— Oussou, t'es là ?

Chipette ! Pas un son hormis des légers crépitements et quelques grattements sans doute dus à la présence de rats. Je m'aventure dans le clapier, grimpe l'escalier qui mène aux étages supérieurs. Paumé dans l'obscurité, je sors mon téléphone pour éclairer mon passage, me mange un énorme coup à l'arrière du crâne.

Je me ramasse sur le plancher du squat, perds connaissance.

Je me réveille la tronche dans le fiacre, les mains attachées derrière le dos. Putain ! Sa mère comment j'ai la gerbe. Je marque un petit temps avant de piger dans quelle merde je viens de me vautrer. On m'a assommé, lié les pognes et traîné dans une pièce du squat. Le « on » en question doit être cette silhouette penchée au-dessus de moi que je reconnais très vite malgré la pénombre. Kays. Au bout de sa main droite, une lame.

Bordel de merde ! Putain, nan !

— Zarca, j'vais te tuer ! m'annonce d'entrée ce rat.

Mon cœur tape contre mon poitrail, je rends mes Chipsters sur le parquet. Zermi ! Je dois trouver une solution pour sortir de cette galère et vite. Je ne peux pas crever ici, pas comme ça.

— Kays, je t'ai fait quoi mec ? Explique-moi !

— Tu t'fous de ma gueule, Zarca ! Dina et toi…

J'essaye de dégager mes mains de leurs liens pendant que l'autre bâtard s'enrage :

— Tu baisais ma fatma, enculé ! Tu la baisais et après, tu venais m'serrer la main, normal. Faut être une merde, pour faire ça ! Comment t'as pu penser que j'allais pas l'savoir ? Hein ? J'connais masse de monde, moi. Tout s'sait ici, t'as oublié ?

— Kays… L'overdose de Dina, c'était toi ?

— Nan, ton pote Bambou a fait l'travail pour moi. Tu sais, l'mec qu'était avec toi au bahut ou quelque chose comme ça. Il a d'abord étouffé Dina, puis il lui a fait une injection pour masquer l'meurtre.

L'enfoiré d'Ousmane !

L'histoire prend forme dans ma tête. Ousmane savait où je me trouvais, le soir du combat à porte d'Auber. Le motard qui a tenté de me flinguer – Kays ou l'un de ses potes – me pistait, rencardé par le frangin de Bac. Et maintenant, après avoir empoisonné ma reusse, ce crackwhore de merde me livre à Kays, sans pitié. L'enfoiré de chlague m'a attiré dans ce guet. Pourquoi ? Pour une galette ? Deux galettes ? Cent dolls ? Deux cents ?

Kays se penche au-dessus de moi, approche sa lame de ma joue :

— T'inquiète Zarca, tu vas pas souffrir, j'suis pas sadique…

— Attends, attends, mec ! j'essaye de gratter du temps. Attends…

Dina…

J'accroche le regard de Kays, le mirave droit dans les yeux :

— Mec ! Ton petit frère, t'es sûr qu'il va bien ?

Surpris par ma question, Kays éloigne son surin de ma ganache :

— De quoi ?

— Je t'ai demandé si ton petit frère allait bien ?

— C'est quoi, ces conneries ?

— Tu sais, Walis, ton frelot qui habite dans la rue de Crimée…

Kays me chouffe de longues secondes sans moufter, dégaine son bigo et recule de trois pas. Il porte le téléphone à son oreille, raccroche et recommence. Il tente un nouvel appel, se met à parler rebeu dans le combiné, raccroche une fois de plus et, l'air inquiet, contacte quelqu'un d'autre :

— Ouais, P'tit Mouss' ! Dis-moi, t'as vu mon frère… Quoi ? Depuis quand ?

La ganache de Kays se décompose. Maintenant, je vis ou je crève. Le cafard revient vers moi et, rageux, me chope par le cou, colle la pointe de son schlass sur le bout de mon zen :

— C'est quoi, c'délire ? Réponds, bâtard !

— T'inquiète ! Ton frère ira bien, tant qu'moi aussi.

Kays pousse un hurlement avant de m'entailler la joue droite.

Allongé sur le parquet du squat, je pisse le sang. Ma lèvre inférieure a éclaté, le raisiné a séché sur mon arcade sourcilière. Mon nez est brisé, quelques chicots ont aussi voltigé après l'impact de son parpaing contre ma mâchoire.

À quelques centimètres de moi traîne un bout de mon oreille gauche. Kays me l'a joué façon *Reservoir Dogs*. Je douille – je ne vais pas te mytho –, mais pas plus que ça. L'adrène étanche ma douleur. Une demi-plombe que Kays me cuisine, mais je ne lâche rien. Si je parle, je suis mort.

La voix de mon tortionnaire résonne dans mes tympans :

— Zarca ! Si j'dois y passer la nuit, j'y passerai la nuit. Il est où, mon frère ?

Je galère à respirer, crache un amas de sang.

— Il est où ? Réponds parc'que je vais t'couper un doigt !

J'essaye de reprendre mon souffle, inspire à fond, expire lentement. Sa race ! Il m'a désossé.

— Réponds, putain d'tes morts !

Je serre les poings et décide de jouer la carte de la provoc. Si ce bâtard me voit flancher, il risque de pousser le chomblard toujours plus loin pour me faire jacter.

Je dois lui montrer qu'il perd son temps, et celui de son frère.

— Tu perds ton temps… Et celui d'ton frère !

Il se baisse, pointe son schlass sous mon œil droit :

— Zarca ! J'vais t'crever les yeux, t'couper la langue, t'ouvrir le bide, et t'laisser pourrir là !

— C'est ça… Kays… Fais ça… et… et tu retrouveras la teub de ton frère… dans ta boîte aux lettres !

Kays tire une gueule enragée. Ce chien pourra tourner le blème dans tous les sens, le voilà cuit. Je le tiens par les burnes.

— Ka… Kays ! J'peux t'conduire… jusqu'à ton frère !

Il continue de me scanner, se gratte nerveusement le visage.

— J'te jure Zarca, si t'as écorché Walis…

— … Il va bien… ton frère ! J'vais pas faire de mal… à un gosse… qui m'a rien fait !

— Prouve-le ! Qu'est-c'que j'en sais, moi, qu'tu m'mythones pas !

— Laisse-moi… laisse… laisse-moi… passer un coup d'fil… et tu pourras lui parler. Ap… après… On s'arrangera. Tu… me libéreras… et j'libérerai ton frère. C'est… OK ?

— Ouais, tu vas l'appeler ! Mais j'te jure, si Walis a morflé…

— J'te… dis… qu'il… pète la forme !

Vénère, Kays passe derrière moi et se baisse pour me détacher les mains. Je chouffe le bout d'oreille sur le plancher, la seule question qui me vient en tête est de savoir s'il y aurait moyen de le recoller. Parce que paye ton Van Gogh Style…

Kays me libère les pinces, se relève :

— Allez enfoiré, appelle tout d'suite ! Et si t'essayes de m'enculer, j'te dérouille !

Je me redresse doucement.

— Allez, grouille-toi Zarca !

Je lui lâche le plus beau smile de la terre, plonge la main sous ma ceinture, récupère mon gun et braque le fils de taimpe.

Game over, salope !

En quelque sorte, Bibo m'a sauvé la peau. S'il n'avait pas filoché le frangin de Kays, je serais sans doute de la barbaque froide à l'heure qu'il est, abandonnée dans un squat de Stalincrack.

Quand je suis allé rendre visite aux petits de Belleville à la cité des Amandiers, j'ai vraiment failli me faire charcler. Ces gamins sont chauds bouillants, finie, l'époque où les tipeus se la jouaient détente. La nouvelle génération bicrave, chourave et tape de la coke, monte sur des braquos. Ouais, fracasse comme ils étaient, j'ai vraiment cru que ces gosses allaient me mettre à l'amende. Mais en vrai, les Bellevillois veulent surtout venger une certaine Sophia. Cette gamine de Ramponeau était maquée au frère de Kays jusqu'au jour où elle a décidé de le larguer. J'ai appris par Slim que Walis n'a pas supporté de se faire tèje, il a tabassé la petite et l'a baisée de force dans un local à poubelles, en mode pointeur. Comme quoi chez Kays, le vice est une affaire de famille.

Depuis cette histoire, les gamins de RPN n'ont cessé de vouloir shooter Walis – tu m'étonnes – et je leur ai servi sur un plateau d'argent l'adresse où créchait ce rat. Les petits Bellevillois ont passé une journée entière à poireauter au pied de son immeuble pour lui tendre un guet-apens. Le frère de Kays a fini par sortir de chez lui, s'est fait traîner de force dans le coffre d'une gova avant de terminer à la cité Ramponeau, livré en pâture aux lascars du quartier.

Kays scotche sur place, me téma les yeux écarquillés. Je lutte pour me relever, tant cet enfoiré m'a dézingué. J'ai pris archi reuche, putain !

— Ka… Kays ! Ton… frère… il… s'est… il s'est… s'est fait défoncer… pendant des heures… par… par les pe… petits d'Belleville ! Et… c'est pas fini !

Kays pousse un cri sourd, lâche son schlass.

— Ton frère… quand j… j'serai d'retour… je l'étoufferai… dans un sac plastique… Ou… alors… je… l'enterrerai… vivant.

Je lui tire une bastos dans le pied. Son panard éclate, Kays s'écroule sur le plancher en hurlant. Je m'avance vers ce chéla, lui offre une deuxième valda dans le genou gauche, une troisième dans le droit, deux autres dans les cuisses, vide mon chargeur sur ce rat. Ses yeux se révulsent, une flaque blanche et mousseuse s'éjecte de sa bouche. Je me penche au-dessus de ce tas de merde, colle mes pouces sur ses yeux et, rageux, les lui enfonce dans ses orbites. Fils de pute ! Je ramasse son surin, le laisse tranquillement agoniser et me taille vite du squat.

Il me reste une dernière chose à régler.

25

LA COLLINE, PORTE DE LA CHAPELLE

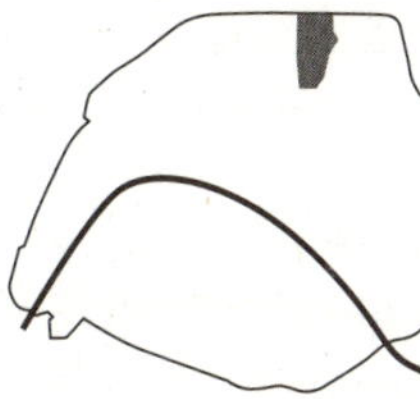

Je remonte la rue Marx-Dormoy, la capuche de mon sweat dressée sur ma tête. Je traîne les savates en boitant, ma main droite posée sur mon flanc gauche. À cette heure tardive de la nuit, je passe très bien dans le décor avec ma démarche chaloupée et ma tronche en biais. Obligé, on doit me prendre pour un schlague ! Un schlague qui s'est fait marave, barbariser, souiller, taillader la joue, couper la feuille droite, pété le tarin et les chicots.

Je clopine en mode automatique, guidé par la seule soif de vengeance. J'ai essayé de joindre tous mes guérilleros du macadam – Slim, Komar, Azad et Seb – mais walou, pas un seul n'a répondu à mon SOS. À croire qu'ils n'ont que ça à foutre, de pioncer la nuit.

Je rappelle Ousmane, lui laisse un message sur son répondeur :

— Ouais Ousmane ! L'archouma pour toi, t'es un homme mort ! Bouge pas, j'viens t'chercher !

Je range mon téléphone, progresse dans l'Underground. Malgré ma gueule en biais, les jeunes talonneuses de Marx Dorm' essayent de me michetonner :

— Tu viens chéli ?

— Hey, bébé, tu veux la pipe ?

Je les ignore, scanne les alentours du carrefour, du LCL et du Do Mac. Rien à signaler à part ces quelques tapins, deux rôdeurs – sans doute des punters –, et un cloche en pleine torpeur abrité sous le porche de la boulangerie Meunier.

Pas un gueuche dans les parages.

Je poursuis mon chemin sur le boulevard de la Chapelle et essaye de recontacter Slim, sans succès. Fait chier ! Sans aucune discrétion, je récupère mon sachet de cé au fond de ma poche, le vide dans le creux de ma palme et plonge ma truffe dedans. Je missionne à sniffer la poudre tant mon zen est désaxé, termine le taf en léchant la paume de ma main. L'amertume de la èce couplée à celle du raisiné m'emplit le palais.

Je m'arrête devant l'église Saint-Denys pour reprendre un peu de souffle, contemple la croix du Christ dressée sur la toiture de l'église. Va piger quel boulon pète dans mon chiro, je me mange cette symbolique en pleine gueule et l'espace d'un instant, me mets à vriller dans un délire mystique. Et si tout ce merdier n'était pas du bluff ? Si Dieu existait ?

Mon cerveau bouillonne, mon estomac se tortille, je rends une purée marron et grumeleuse sur la grande porte rouge de l'église Saint-Denys. Je me redresse, inspire à fond. La vache! Je reprends mes esprits, baisse mon fute et la vessie plombée, sponsorise la devanture de la chapelle. Sa race, je vais cramer en enfer! Je remonte mon ben et trace ma route, repère un crackeux à la dégaine familière posté à l'angle de la rue Marc Séguin. Équipé de béquilles, le renoi ne bouge pas d'un poil, stoïque, le regard paumé. Je le reconnais, ce type traîne avec Ousmane. Je m'approche de lui :

— Poto?

Le schlague tourne la tête vers moi, deux de tense :

— Hein? Tu veux quoi?

— Tu m'reconnais, j'suis un pote de Bambou. Tu sais où il est?

— Nan, j'te connais pas!

Je sors deux biftons de mon zomblard :

— Dis-moi juste où est Bambou et j'te rince.

Béquille zieute les deux billets de vingt logés entre mon pouce et mon index, ne prend pas quarante piges pour cracher le morceau :

— Bambou, là, tu dois l'trouver à La Colline. T'es un pote à lui, hein?

— Ouais!

— Il t'est arrivé quoi, pour qu'tu saignes comme ça?

Je lui file mon cash et l'abandonne sans prolonger la discusse. La Colline. Il ne manquait plus que ça. Putain! Je ne risque pas de faire long feu là-bas, moi le babtou éclopé, maintenant que je me suis débarrassé du flingue. De toute façon, il ne restait plus de suppo dans le chargeur, je l'ai vidé sur Kays. Armé d'un simple schlass, mon équipement pèsera peu dans le bidonville.

Mon téléphone se met à sonner, je décroche :

— Azad !

— Zarca, j'viens d'écouter ton message. Qu'est-c'qui y a ?

— Azad, mon pote, j'reviens de l'enfer là, et j'y retourne…

— De quoi ? T'es où ?

— Là j'pointe à La Colline, j'ai putain d'besoin d'aide, faut qu… Azad ? Azad ?

La scoumoune s'abat sur moi. Plus de batterie. La zermi !

Je longe le boulevard, la patte bancale, la rage aux tripes.

Paye ta déco apocalyptique ! À cette heure-ci, porte de la Chapelle, c'est ghetto de chez ghetto ! Les talonneuses d'Europe de l'Est macrotées jusqu'à l'os tiennent le tarmac, concurrencées par leurs rivales africaines. Ici, on ne compte plus le nombre d'embrouilles et de saignées dans le milieu putassier. Rien qu'en 2013, au moins trois gagneuses ont disparu de la circulation, évaporées dans la nature, et le macchabée d'un proxo albanais a été retrouvé sur les rails de la petite ceinture, le bide déboutonné. Le secteur tient aussi sa mauvaise répute de sa forte concentration de toxicos, d'où le surnom de Crackland qu'on lui accole.

Il n'y a pas à chier, la porte de la Chapelle abrite la faune la plus underground de Paname. Et le max du max, le spot le plus trashcore de ce coin trashcore, j'ai nommé La Colline. Une favela de camés, un terre-terre de junkies où j'ai toujours refusé de traîner les pieds, sur les conseils de mecs pourtant bien burnés. « Toi mon gars, à La Colline, tu tiendrais pas trente secondes avant d'te faire pouilleder ou suriner. Même moi quand je fourguais, je boycottais cet endroit », m'a un jour prévenu Bosko, un ancien dealer de galettes reconverti dans la sécu de boîtes de nuit. J'avoue que son avertissement m'avait refroidi.

Regroupés devant la poste, une dizaine de lascars crient, insultent et taillent tout ce qui bouge. Je n'échappe pas au costard :

— Et lui, téma comment il s'est fait démonter ! Téma la gueule, une framboise, cousin !

Je ne les calcule pas et traverse la rue de la Chapelle, une taimpe à la longue crinière blonde et aux sapes rouge flashy tapine sur le trottoir d'en face, le regard braqué sur moi. Elle s'écarte en me voyant rappliquer dans sa direction, sans doute flippée par ma face boursoufflée, scratchée et à moitié planquée sous ma capuche. Je franchis le boulevard Ney, détaille la clique de zombies agglutinés sur le terre-plein central des Maréchaux, des fois que l'autre salope en ferait partie. Nan ! Aucune trace d'Ousmane dans cette meute.

Je m'avance vers les gueuches, les aborde :

— Hey, vous savez s'il est là-haut, Bambou ?

— Ouais, il y est ! me répond une renoie au crâne recouvert d'un bandana, tandis que ses srabs ne m'accordent pas la moindre attention. T'aurais une cigarette ?

Ousmane, ce fils de pute, ce chacal, empoisonneur doublé d'un lâche ! Ce bâtard ! Ce camé de merde ! Ce rat crevé !

— Hein, une cigarette pour moi ?

Les poings serrés, je reprends ma marche, guidé par le seum et la détermination. Plantée au bord de la route devant l'*Indy Bowling*, une tox encore assez bonne – sans doute newbie à en juger par sa ganache aux traits juvéniles et sa dégaine plutôt clean – m'adresse un clin d'œil suivi d'un signe explicite de la bouche.

Entre les deux bretelles d'autoroute, j'aperçois enfin les abris de fortune de La Colline.

Je me précipite dans l'Underground.

Je déboule dans les hauteurs de Crackland, me rends compte que je marche sur des capotes. Ma parole, je n'ai jamais vu autant de cagoules traîner par terre, pas même au bois de Boubou.

Affalé dans un fauteuil pourave, un vieux renoi tout sec contemple la porte de la Chapelle, posté à l'entrée du bidonville. Le type ressemble à un chaman avec ses sapes amples, son bonnet péruvien sur le caillou et sa peau fripée. Entre ses doigts, un splif d'où s'échappe une odeur de chichbar et dans l'autre main, un flash de Label 5.

Derrière le grillage qui clôture La Colline, je distingue des dizaines de silhouettes, des tentes artisanales et des débris de ferraille éparpillés un peu partout. La Colline est un vrai dépotoir, une décharge à ciel ouvert. Le vieux sage enfoncé dans son fauteuil me reluque de haut en bas, arbore un sourire édenté :

— Hey l'ami, le périf' aujourd'hui, c'est pas l'périf' d'avant, hein ?

Il éclate de rire, tire une taf sur son pilon et reprend son charabia :

— Et le périf' d'aujourd'hui, c'est pas l'périf' de demain.

Le chaman se marre à nouveau, s'envoie quelques gorgées de sky. Pas d'humeur à écouter ses conneries, je franchis le grillage et m'engage dans le coupe-gorge. Autour de moi, l'agitation est au max entre les cris, les plaintes, les pleurs et les rires. Une ombre, assise en tailleur au pied d'un arbre et enveloppée dans un drap, chante un refrain dans une langue que je ne connais pas.

À ma gauche, deux gars se bousculent et s'insultent :

— T'es un salaud, Brahim ! J'te jure, j'oublierai jamais !

— Mais tu racontes n'importe quoi ! C'était pas moi, va t'faire foutre !

— Fais bien gaffe à toi, Brahim ! Avec moi, tu seras jamais tranquille ! Tu l'payeras, j'te promets que tu l'payeras !

Une racli accourt pour les séparer et de sa voix railleuse, tente de calmer l'embrouille :

— Arrêtez ! Arrêtez ! Vous êtes des potes, parlez pas comme ça !

— Ferme ta gueule, toi ! la rembarre le prénommé Brahim en la repoussant violemment. On t'parle pas alors ta gueule, tu vas t'prendre une claque !

Je slalome entre les ombres à la recherche d'Ousmane, reconnais quelques tronches : Zaza la guedine de gare du Nord, Crâne conique et ce dreadeux enragé qui avait tenté de me dépouiller dans le hall d'entrée d'un immeuble et m'avait pisté dans les rues de Bezbar. Peut-être, d'ailleurs, Kays l'avait envoyé me suriner.

— Allez, s'te plaît ! supplie une petite meuf à la voix aiguë, à un renoi plutôt grand et baraqué que je suppose être un modous[1]. Sois sympa, tu peux m'baiser si tu veux. Moi, j'baise bien…

— Ouais, dans le cul ! lui répond le bicraveur avec un accent kainfri à couper au couteau. Dans le cul !

— Nan, nan, pas ça ! Je fais pas, ça m'fait mal. Mais dans la chatte, y a pas de problème et je veux bien sans la capote ! Allez ! Allez !

Sous une bâche, des toxs rassemblés autour d'un réchaud tchatchent, partagent des bédos, de la tise et des youyous. Toujours pas d'Ousmane. Nique sa mère, je décide de scanner chaque tente, l'une après l'autre. Je vais bien finir par trouver cet enfoiré. Je dézippe la fermeture éclair d'un premier abri, découvre un homme allongé sur le flanc droit, apparemment malade vu la flaque de gerbe étalée à quelques centimètres de sa bouche. Je plonge ma tête dans la tente suivante, un mec lâche la teub qu'il tient en bouche et me somme de dégager. Je poursuis mon inspection, zieute à l'intérieur d'une cabane où un type masse les pieds gonflés d'une clocharde et lui murmure des mots doux :

— Ça va aller chérie, ne t'inquiète pas… T'es la plus belle de toutes… La plus belle…

Je persévère, explore le bidonville, dégage un macchabée qui s'accroche à mon bras puis finis par

1. Dealer africain.

rodave Ousmane. Il est là. Ce crackton de merde se marre à gorge déployée, entouré de zombies pas moins flingués que lui. Fils de taimpe! Ce rat ose rire, après ce qu'il a fait à ma frelonne. Sans réfléchir, je dégaine le schlass de Kays et me speede vers ce chien.

Dina...

Ousmane écarquille les yeux en me voyant fondre sur lui, je le chope par le col et lui enfonce la lame dans sa carcasse de pouilleux. Nous tombons tous les deux à la renverse, je continue de planter cet enculé, dans le bide, le cœur et la gorge.

— T'es mort Ousmane!

Autour de moi, des hurlements.

— Il est en train d'tuer Bambou!

On me saute dessus, on m'attrape par le cou et les pieds, on me savate la tête, j'ai le temps d'ajouter trois coups de surin – le dernier dans un œil – avant de me faire traîner quelques mètres plus loin.

Des cris.

— Il saigne là!

Des tatanes me percutent la gueule, on me piétine, on me marave.

Avant de vriller, je perçois l'image de Komar et Azad, le premier armé d'un tonfa et d'un Gomm Cogne, le second d'un club de golf.

26

LA BASTOCHE

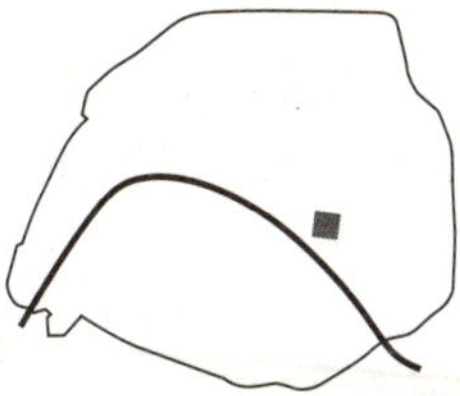

En ce vendredi de décembre, je suis de retour dans la capitale pour assurer la promo de mon recueil de nouvelles 100 % vandale[1]. Trois mois se sont écoulés depuis cette nuit où j'ai terminé la gueule en vrac à porte de la Chapelle.

Je me suis éclipsé de Paname pour oublier toute cette merde et me foutre au vert dans une résidence basée en Picardie, un ancien couvent transformé en bobinard pour artistes. Là-bas, j'ai pu terminer la correction de mon recueil et gratter mes *Mémoires de l'Underground*, une plongée dans la face planquée de Paname, journal du macadam et hommage à ma frelonne partie trop tôt.

1. Compilation des meilleurs articles du blog Le Mec de l'Underground parue en 2016.

Morfal, je bouffe mon dwich dans un grec pas trop lasdègue situé pourtant rue de la Roquette. Il est minuit passé et je sors d'une interview sur le boulevard Richard-Lenoir, avec un journaleux plus intéressé par mes pratiques sexuelles et ma consommation de came que par mon rapport à la littérature.

Attablé face à moi, Komar mord dans son chicken chikka :

— Et sinon Zarca, ton guide, il est devenu quoi ?

— J'l'ai mis en suspens, j'le reprendrai bientôt…

— Franchement Zarca, c'est pas pour t'clasher mais toi, t'as jamais eu l'galbe ni les cojones pour t'frotter au vrai Underground. T'as survolé l'truc vite fait comme un touriste, tu connais des raclos mais toi, t'es pas taillé pour la street et ça s'voit. Après c'est normal, dans les tafs artistiques et encore pire dans le monde des livres, vous vous prenez pour des gitans mais vous êtes des dalpés. Les écrivains, frère, c'est des baltringues !

Je laisse le frelot baver, refuse de participer à son jeu moisi. Il parle de street et de galbe mais à cette heure-ci, la harissa de son casse-dalle le fait transpirer et le rend rouge comme du ketchup. Toujours à se la raconter mais je ne peux pas en vouloir à Komar. J'accepte ses conneries, moi qui pioncerais sans doute sous une pierre tombale si Azad et lui n'étaient pas intervenus alors que les zombies de La Colline me mettaient la hagar.

Repenser à tout ça est encore douloureux pour moi. J'ai goûté au sang et je suis en proie à des cauchemars, des paranos, des downs sévères et des accès de rage. En stress permanent, je balise à l'idée que des schmitts viennent me pêcher un matin pour m'escorter à la râtelière, accusé d'une série de meurtres commis dans une backroom, un squat de Stalincrack et un campement de camés. Les piafs de l'Underground intéressent assez peu la flicaille, mais on ne sait jamais.

Par-dessus le marché, pas une journée ne passe sans que Dina vienne refaire surface dans ma cafetière. Sa race, comment elle me manque.

Komar termine sa graille, enquille son Oasis et s'enfonce dans sa chaise :

— Ah putain, j'avais ainf… Tu fais quoi après, Zarca ?

— Rien ! J'rentre me pieuter, j'suis claqué.

— T'as changé, gros ! Tu restes un peu sur Paname ou tu vas repointer dans ta résidence d'artistes de baltringues ?

— J'sais pas encore, j'vais voir. Le truc c'est qu'Azad m'a remplacé par un autre coloc, j'dois retrouver un créchoir.

— En tout cas, si t'es dans les parages le 19, j'organise une maxi teuf pour mon anniv', dans une salle du 77. Va y avoir masse de monde, viens avec Azad, propose aussi à ton pote Slim s'il peut.

Ouais, s'il peut. Slim passe en jugement la semaine prochaine pour exercice illégal de la profession de taxi et vu toutes les casseroles qu'il trimballe, il risque de retourner un temps au chtar.

Pas mal de choses ont bougé pendant ma retraite en Picardie. Bibo, le cloche de la Nation, est mort d'une pneumonie infectieuse qu'il a dû vouloir soigner à base d'ethylothérapie. Il va me manquer, ce con. Mon pote Erik, lui, s'est barré plusieurs mois aux Canaries – paraît que c'est blindé de pédés – et Seb s'est taillé en Ukraine, dans le Donbass, pour je ne sais quoi foutre et je ne veux pas le savoir.

Je finis de damer, me lève et pointe à la caisse pour raquer nos plats. Komar enfile sa doudoune d'aviateur, me remercie pour l'invitation et félicite le chef pour la qualité de la barbaque, unique dans ce quartier flingué. Nous quittons la cantoche, j'allume une Malbac et en dépanne une au poto :

— Komar, c'était cool de t'voir, on s'capte bientôt t'façon…

— Yes, carrément L'Écrivain ! T'es sûr que tu veux pas pousser la soirée ? Y a une rapta pas loin…

— Ouais, ouais, j'suis mort là !

— Comme tu veux !

Je salue le frangin et rejoins la station de métro. À la Bastoche, l'ambiance est électrique. Malgré le froid et le zef hivernal, ça pillave aux terrasses des rades, ça pillave sur le tarmac, ça pillave même sur les marches de l'Opéra Bastille.

J'atteins la bouche de métro, mon téléphone sonne. Baccari. Longtemps que je n'ai pas eu de ses nouvelles. Je décroche :

— Ouais Baccari ?

Silence.

— Bac ?

— Ouais Zarca, t'es sur Paname là ?

— Yes gros !

— Très bien, sale bâtard ! J'suis au courant d'tout, t'es un homme mort ! T'as oublié, tout s'sait dans l'Underground. J'viens d'apprendre c'que t'as fait à mon frère… J'vais t'tortur…

Je raccroche.

Paname est une plaie.

Je jette ma garot, m'engouffre dans l'Underground.

REMERCIEMENTS

À Clara Tellier Savary et Geoffrey Le Guilcher, aux relecteurs de *Paname Underground* : Lucie Geffroy, Anna Ravix, Sarah Lefèvre, Camille Gelpi, Mathieu Molard, Robin d'Angelo, Romain Bouvier, Franck Berteau, Taichivince, Dejan Ilic.

À Azad Marjan, Slimane Aïssaoui, Marc Santerre, Erik Rémès et Sébastien Corbel.

À Kalem, Alice Andersen et Dominique Martel.

En souvenir de Bibo.

Au Paf.

Table

Le Livre de Poche s'engage pour l'environnement en réduisant l'empreinte carbone de ses livres. Celle de cet exemplaire est de :
250 g éq. CO_2
Rendez-vous sur
www.livredepoche-durable.fr

PAPIER À BASE DE FIBRES CERTIFIÉES

Composition réalisée par Lumina Datamatics

Imprimé en France par CPI
en novembre 2018
N° d'impression : 3030830
Dépôt légal 1re publication : novembre 2018
LIBRAIRIE GÉNÉRALE FRANÇAISE
21, rue du Montparnasse - 75298 Paris Cedex 06

87/7609/8